鸟宿时间树

鲁子 著

長江出版傳媒
长江文艺出版社

世间最美的声音是静音，像吻

——漫谈鲁子诗中的诗与思、技与美

李犁

读鲁子的诗，需要一个挖掘机，因为他的诗有着生命的深度和技术的难度，必须以挖掘机的大力才能挑开他诗歌的内核，走进他凝缩了人间百味又令人心惊肉跳的文本。鲁子的内心也有个挖掘机，那是他全部的生存体验和哲学思考，以及睿智、灵犀、想象力构成的强大的生命力，以此向下掘进，他要掘出人性深处的私密物，并将之剖腹，晒于众目之下。因此他的诗就有了普世的广袤性，也沾染了他生命的颜色和温度。譬如：深邃、刻骨、冷静、诚朴，还稍稍地有点强悍。所有这些，构成了一道冬夜里的强光，令人惊怵，又让人清醒，触摸到了人生的清凉，同时又满怀期待。

我把这理解成鲁子诗歌的精神，它健脑开智，又真切透彻。同时牵引着我们的思维和思想爬山越岭，去向远方。譬如这首《春天真的有两把刷子》："春天要来，小草总是有言在先/去年凋落成泥的花朵/在一个带露的清晨/突然就返上了枝头/春色满园的时候，你不得不/承认：春天真的有两把刷子/诗人更狂妄，说什么赋诗一首/可令百花开。而除了阳光/还有谁能称得上真正的描绘大师/你看那阳光穿过庭院，抓住了/蔷薇的叶子，吐出的卷舌音/就够我学一辈子了。此时我/铺开一张信纸：那玫瑰/不叫玫瑰，还有谁称得上玫瑰/而我就此，凭空采摘到了/一颗春雷"。

不仅春天，鲁子也真的有两把刷子，刷得我们的心灵也一片明亮和欣欣向荣。读这首诗，情不自禁地读出声来，一种热烈在往上蹿，身体里的姹紫嫣红仿佛吼着要拔芽。所以好的诗是能够传染的。但是低吟几遍，发现在火苗一样扑腾的情感里，一直有根冷静的线在牵扯着诗人上涨的思绪，这是诗人以理性审视春天，而且不断地追问，他要弄清春天繁荣以及繁荣背后的真正原因。结尾几句是隐喻，让我们热爱春天的同时，要保持清醒，且行且珍惜。这就让我们被美、爱、纯净，以及一种可感又不可言说的欣喜笼罩的同时，多了一份深思。

鲁子的诗大多以哲思见长，但这首诗感性更突出，虽然依然保持着反思和拷问的姿势，但情感已经溢出诗外。可能是强大的春天催逼诗人不能自制，虽然理智还抓着地面，但情感自动地飞扬起来。这就是触景生情，这是鲁子获得灵感的重要途径，他所有的诗都是情与“景”碰撞后的自动生成。但在他更多的诗里，“生”出的更多是理，是深刻的思。

譬如这首《面孔》：“在一个古村落的一座古屋里，/我闻到一股古旧博物馆明清厅的味道。/苍白的土墙上，挂着一个黑相框，/相框里的人，已然没了呼吸/但他溜圆的眼睛，还在追寻着什么。”下面开始以相片里的面孔展开想象，先写实景，再穿越时空，想象相框里的面孔生前的温柔之遇，再联想到自己经历过的各色各样的面孔，并对这些面孔辨析和推演。其中有人学、社会学和哲学：“世上没有/两个相同的面孔：花面，人面，/星眼迷离的脸，月亮银币一样的脸，/历史的面孔，时间的面孔，面孔的面孔。/这些面孔与面孔，相互照应，又或/相互构陷，相互吸收着彼此的黑暗与光芒。”这段的最后两句即是真相，又是真理。不仅是这首诗的诗眼，更是诗的锋芒，类似剑尖，扎在人心上。不痛，但让人清醒。

显然鲁子是一个生活的有心人，对人间有着淬火般的生命体验，而且目光如刃，能从稀松平常的人和事中叼出诗，并能从诗中发现人类生存的困境和遭遇。所以鲁子这类诗，很少被情绪干扰，或者说感性只是帮助他灵敏地接收并逮住诗，如何推进和演绎，他靠的是智力、想象、分析和推理。这让他的诗，尤其是最近两三年的，都很平静，甚至冷静。他把那些经历或感受到的事物，放到砧板上，仔细地辨识，考证，确认，梳理。然后再把它们剁碎，放进思想的锅里，干煸或者清炖。事物还是那个事物，但诗的味道出来了。整个过程有灵感在闪烁，更有理智在把控，诗冷硬，像淬火的闪电。但其中凝结着生命的真相，万物存在的真理，还有最核心的“道”。

写这类意义为主的诗，要控制好情与理的平衡，也就是诗与思的关系。理重了，诗就干巴死板，没有诗味，不美；情太多了，诗就虚妄，没有根，也就没有了思想。所以诗与思是一双翅膀，怎么能飞得高，全看诗人的功力，还有从天而降的运气和神赐。

再看鲁子2013年写的这首《鱼刺》：“我被卡住了/——被一根鱼刺

/如鲠在喉不是一个词语/它是不吐不快的事实/我吐，我吐，我吐出泪/吐出悔，吐出苦胆、苦水/是谁提一杆长枪/扼住了我的咽喉？//其实，生活就是一碗酸鱼汤/命运是那一根鱼刺/一朵花不可能同时开满所有的枝丫/一个人一生不可能穷尽所有的命运/这句话/是那个擅于熬汤的老人告诉我的/他的名字叫历史/他熬的汤，叫现实//或者说，我就是一根鱼刺/你看时间那狰狞的面孔/就知道我卡住了谁/他的上唇是生，下唇是死/我一不小心就卡在其中/想吃了我，没那么容易/我要抽，我要抽/抽时间的大嘴巴/让他为我痛，并存在着”。

这个时期，鲁子似乎比2018年写《面孔》时的自己更生猛，更有冲劲，主体也就易于暴露和突显。但诗的结构与《面孔》类似，诗的切入点，是喉咙被鱼刺卡住了，诗人从鱼刺这个关键词下手，开始挖掘。伴之事实与虚拟，具象与想象，本我与异化，个体与世界等等，形而下与形而上相互作用着，诗的大铲在向现实向下挺进，誓要把主导我们生活，卡在我们生命咽喉的“鱼刺”掘出来。驾驶掘土机就是思，就是海格德尔说的让自己沉浸于专一的思想。思包含诗人自身的活力、冷静的思考，还有对生命形态和生存现状永远质疑和探寻的精神。动力有多大，取决于个人的性格、经验、禀赋、成长史、理解力和拥有的哲学厚度。只有思深到能剔骨了，诗歌才会有追问生命、探寻生命之谜的深度和尖锐感。所以思一定要思生命和生存的根，思才有生命力。同时，诗只有呈现思的精髓，诗才丰盈才有大模样。

同时鲁子的长项是激情，而激情是思的驱动力和润滑剂，它澎湃了，思就会思出意想不到的哲理和意境。伟大的发现都离不开激情的催化和推动。激情是诗的一个元素，诗这里不是指诗歌，是诗化，是未成诗歌之前的一个动态思维，是以诗的方式（含美和意境）去使万物成诗。抽象的思要可感可视，一定要接受诗化。诚如哲学家说的，只有“诗化才把早被思过的东西带到思者的近处”。也就是诗使思活了。同时思使诗有了灵魂。思被注进诗，才能像海格德尔说的“一朝飞升，有若孤星宁静地在世界的天空闪耀”。

诗与思让鲁子的作品出现了两种对立的力：一个是向下，直指土地和现实的核心，是重；一个是向上，是轻，轻到云端和虚无处。前者是思的钻头在刨根问底，是哲学和思考在工作；后者是诗，是深刻的美和意境，是诗化也是技术在拓宽文本和想象的边界。鲁子能思到诗里去，又能诗出思想来。所以他的诗歌坚挺又柔软，结实又空灵，既有思想，又美如幻影。

因此，鲁子的作品及物又有意境。能做到此，就不能不提写诗一个主要手段，就是技艺。我们都说最好的诗没有技艺，其实那是看不见技艺，技艺已经化成诗人的一种素质，已经大智若愚，返璞归真了。技艺其实是诗化的一个方式，是诗化万物的具体方法。拿前面那首《鱼刺》来说，能让鱼刺卡住咽喉这件事跃动起来，其中的比喻、联想、实与虚、静与动等等技艺起了关键的作用。它们合成一股力，像挖掘机一样在挖掘着词语。结果是几乎每两句就让人惊讶一下，同时有种东西在钝击我们麻木的感觉，那是高超的技艺揪着我们的思维在向远处去。这就是诗歌技艺在魔化着万物，让它们变得陌生，也让我们的感觉回炉再造，目的是洗脑。这就是意料之外之意外，就是创新。而如“人生若只如初见”的新鲜感又深化了鱼刺卡喉这个主题，并使它变得深不可测。这就是技艺带来的诗的革命性。

再比如鲁子的这本诗集有一辑专写“修正案”，有：《癞蛤蟆修正案》《桃花判词修正案》《杏花修正案》《禾雀花修正案》《杀羊开泰修正案》《聊斋之修正案》等等。他是逆我们习惯的已经凝固的文化形态和认知，给这些诗中也是事实里的主角翻案。比如《癞蛤蟆修正案》中说癞蛤蟆是因为单恋丑小鸭，引起一场大火，自己被火烧成了老癞，而丑小鸭却成了天鹅。最后诗人提出了修正方案，就是：“我向权力机构提请/赐其复姓永袭：卡西莫多/希望它有一双同情的耳朵/更是祈求上天能赋其异禀/进化出毒舌一枚/醒目一对”。有意思吧？但戏谑之时，是不是让我们感到有沉重的东西在击打我们的心？还有《禾雀花修正案》，说禾雀花本来是一只高贵的鸟，但“只因人类掌握了/命名的巫术/篡改了造物法/将禾雀贬成了花朵”，所以“鸟说，人类带笔的/罪恶，远胜于带刀”，“愿聘自己为首席讣告师/在此提前诏告天下/让禾雀重返鸟时代吧/为此修正案/我愿天空把我一头撞死/只要能给我在天空/安个墓地”。

这辑诗歌，诗歌技艺已经超越了单纯的词与词的奇妙嫁接，也少了让人大吃一惊的比喻。它们是对诗的整体性甚至涉及观念和价值观的改革，这是一种大的隐喻，而且非常幽默。记得木心写过，有人说他的诗啥都有，就没有幽默。木心回答：只要有了幽默，其他都可以忽略不计。幽默是最高的技艺，诗歌有了幽默就有了大活力，有了呼呼的生命气息。而且幽默使暗喻更准确，更醒目。回到《禾雀花修正案》一诗中，天上的鸟化成了地面的花的原因之一，就是人类爱当霸主，随心所欲地指鹿为马；之二就是人类掌握了笔，笔是他们犯罪的工具（笔也代表文化）。这让会用笔的作者感到很惭愧也很自责。为了把花变回鸟，还给天空，诗人宁愿自己被天空撞死。最后一句愿天空给自己安个墓地，我理解成灵魂超越了罪恶的尘世，升华也净化了。

这是人类为了纠错的一种牺牲和救赎行为。诗因此有了象征即暗示。诗有暗示就有了力量，没有暗示的诗歌是肤浅的。暗示得越多就越有深度。这就是思想和意义的力度，是思的深化与诗的衍化最完美的联姻。

还需要补充的是，鲁子诗歌的技艺是在有人间气息和温度的背景下，对生命深度和语言深度进行的拓展和挖掘，生存困境与创造性直觉互相照耀和渗透，因此，他的诗离我们很近，不隔不疏不空，直接把疼、悲痛和幸福传导给我们，他的诗就有了现实精神，有了唤醒心灵的力量。

鲁子的诗是感性和理性共同完成的。感性让诗人冲动，瞬间爆发，继而想象灵动翩飞起来；理性让诗人牢牢地抓住事物的核心，并对感觉捕捉到的信息进行筛选和梳理。感性是闪电，理性让闪电凝固。感性是液态，理性能使液态成形。感性和理性结合就是智性，鲁子就是智性写作：睿智和灵性为主，理智、判断、分析融于其中。所以鲁子这些诗首先给我们惊奇的是他的才气、灵气，还有情感的冲击力。

因此，鲁子的诗，有时脱口而出，随性蔓延，柔软而绵长，这就是灵气在翻滚。有时（可能是诗中的一段或几句）精炼有力，不依附于意象，但哲思深刻，这就是凝神静思的结果。属于绘画上说的“迁想妙得”，就是千思万想，偶然得诗，类似顿悟。如《镜子的无言绝句》：“被杀的狗，因为从镜子中瞥见/了无数相同狗模样的同伴被杀/而加倍了死。镜子则因盲目的/繁殖，而仿佛成了罪恶的渊薮”。

鲁子更多的诗是灵智先爆发，理智给断后。这种诗往往是情感被划蹭了一下，灵感就冒出了火花。譬如这首《致一只林中小鹿》：“循着雪地上梅花瓣一样的脚印/就能找到那只梅花鹿/你想象着它活蹦乱跳的样子/多么像我们的青春啊/在天光中，它挥洒着，是那样的/快活……远在枪手的射程之外”。

这是很深情很柔软的一首小诗。鲁子全部的诗歌中，我个人最喜欢的一首。诗短小，但意义却很寥廓。作者一定是真的看见这只小鹿了，不然不会写得这么动情。满眼满心的怜爱，还有因爱而起的担忧和隐隐的不安及微痛。这里有两个诗眼，第一个是由活泼的小鹿想到“多么像我们的青春啊”。一句话里有太多的感慨：缅怀追忆、一去不回的美好，让我们读者也浮想联翩。而美好的东西都脆弱，有时一碰就碎，比如青春和爱，比如眼前这只天真无邪的梅花小鹿，说不上什么时候就被人类随随便便给灭了。所以它此刻的美好和快乐，就是因为它的生命还“远在枪手的射程之外”。这建立在危机四伏之上的幸福才是最值得珍惜的，也是最美的。这最后一句就是全诗的高潮，是一个大诗眼。这是思在发光，是深刻的思让这首诗有了直击人心的力量，也让这首诗有了灵魂，让枪口开出了花朵，让诗有了花木掩映下深井一样的清凉、邃美和片刻的宁静与纯净。

从写作上，这首诗也透视了鲁子写作更多的方式是直觉，不管是他触景立马生情，还是沉思默想后的突然爆发，他成诗的方式都离不开直觉。直觉是一面镜子，它晃到什么，什么就按它本来也是理想的方式显形。直觉是诗性创造，但直觉依赖于心灵的纯净，因为纯净，直觉才能敏锐地穿过丛生杂草，一下子把诗逮出来；也是因为纯净，思维才能锋利到在毫无诗意的地方上掘出诗，并让诗从庸常的生活中向上一跃，成为一种美和境界。我想这么静美的诗，肯定是刚刚打扫完，一点尘埃都没沾染的心灵直接映照出来的，它就是看得见的理想和境界，它太美太纯太丰富了，以至于我觉得说多了，就等于对这少女一样贞洁的诗意构成了伤害。

由此我想到了马拉美说过的一段类似的话，它涵盖了我对鲁子写下的所有的文字，我以此作为这篇评文的结束：“诗……必须从人类的心灵中撷取种种状态，种种具有纯洁性的闪光，这种纯洁性是这样的完美，只要把心灵状态、心灵的闪光很好地加以歌唱，使之放出光辉来，这一切其实就是人的珍宝。这里面有象征，有创造性……”

李犁，本名李玉生。20世纪80年代开始写作诗歌和评论。出版诗集《大风》《黑罂粟》《一座村庄的二十四首歌》，文学评论集《烹诗》《拒绝永恒》，诗人研究集《天堂无门——世界自杀诗人的心理分析》；有若干诗歌与评论作品获全国和省政府奖。任辽宁新诗学会副会长、《深圳诗刊》执行主编，《猛犸象诗刊》特约主编。

目录

contents

第一辑　今生我欠世界一枝花

第二辑　我们都是观念的囚徒

第三辑 我们都躺在时间的担架上

第四辑 对于死亡，我们永远都是新手

今生我欠世界
一枝花

炊 烟

又见炊烟
在旧时作文的田字格里
在新派画作的飞白里
在乡村音乐的低声部
袅袅升起，亦真亦幻
一缕缕的炊烟就是一缕缕的梦
在时空中放牧

如果要刨根问底
就必须深入瓦房的内部
顺着墙垛找到那个柴火灶
那个燃烧，因为欠火而叹息
经拨火棍一撩拨
经吹火筒一吹嘘
那埋了一夜的死灰——
是炊烟的命根子
随即复活，并成燎原之势

如今炊烟不再繁荣
村野的上空飘浮着工业化的微尘
在稀释着古老的时光

循着炊烟成长的方向
我必须再一次郑重地指出
人间烟火的崇高——
炊烟起自凡尘，却直达天庭

萝卜青菜

所以在冬夜，当我写下萝卜青菜这个词
就能看到雪花纷纷落在它们的身上
想起小时候，一场大雪过后
我和弟弟妹妹总要去到菜地里
替它们扫落头顶的积雪
小手儿轻轻地捧起
那渐渐长大的片片绿

所以在冬夜，当我写下萝卜青菜这个词
也就写下了我弟弟妹妹的名字
好像萝卜一样憨厚的弟弟的名字
好像青菜一样可爱的妹妹的名字
多么亲切的名字啊！
曾经我们共一盏油灯
如今都躺在我的手机电话簿里

所以在冬夜，当我写下萝卜青菜这个词
我也就此立下了我的遗嘱：
亲爱的儿子，爸妈死了你不要哭
你把爸妈的骨灰拌成土
撒几粒种子种在阳台上

风里梦里我们来相聚
萝卜是爸爸青菜是妈妈

一只鸟，来自天上

当黎明的光羽毛一样
落在我轻轻的肩上
夜大师挥舞着黑色的斗篷
想要盖住一只光明鸟
我却早已听到了黄金般的歌唱
从林间从檐下从天边
那比遥远更遥远的地方

那比遥远更遥远的地方
应该就是天上吧
那里住着传说中的上帝
这一生我都未曾见过
但我能想象他的慈祥
所以此时我有理由闭上我的双眼
合上我的十指
任由那一束金色的光
齐刷刷地打在我的脸上
我泪流满面的脸上

夜　猫

夜猫，后山的夜猫
我儿时的小伙伴，我的兄弟
你总是在暗夜里喵喵叫
在竹林里，在松树间
在我的梦里梦外来回穿梭

呵，夜猫，你就像是一个有着
“八”字须、大瞳孔的小小神仙
替我守护病危的父亲多年
你偶开天眼觑红尘
你有九条命

给我一座神山和一个向阳的山坡
给我一间茅屋，永远不为秋风所破
给我上课铃声、一双白色的球鞋
给我一本新华字典
再给我考场最后十分钟

夜猫啊，给我一个猫眼
让我能洞穿尘世，直视九泉
看我亡父是否安然

影子史铁生

有的人，一辈子都在游戏人生
也没见什么报应，摆明是向我们
揭示现世报的不存在。
他说他是业余写作，职业是生病。
你看他扶着轮椅，在地坛，或在天国的阶梯
遛一种叫死亡的宠物狗。
这世间有太多的围和墙
凭空拔地而起，有的还自诩为标志
他用一把叫思想的錾子
绝非一味粗暴地把墙推倒，搭桥
而是忍痛从墙上剔除几块肉骨头
打开一扇门或窗，引进阳光也引进灰尘。
“人的残缺，证明了神的完美”
你看他在阳光照耀下满身尘土的背影
无疑是人间的模子，却是上帝的手艺。
向天问路，掘地为井——
我想说的是他的影子，
影子久了，也能掘地！

黄昏，一个女人的叙事

如花美眷似水流年
当时间流淌到这样一个黄昏
她又一次决心做回
那个叫苏红的女人
白天的女人属于外面那个世界
只有到夜晚才开始咀嚼自己
褪去白日里整齐的衣袍
她的身体光滑圆润而狡黠
像一个长着无数个汉字的嘴巴
在反抗着灵魂的守身如玉
人到中年，已放弃用身体去思考
并努力做到形散而神不散
恍然听到有人喊
开门一看，是风
把那个不知名的风叫进来吧
紧紧地抱住它，狂舞一场

蓝印染

这一刻，一种叫
植物靛蓝的思想统治着一切，
是该作如是观：
世界，原本就是一个大染缸！

不仅仅是足下那一片乡土，
那头顶的蓝月亮，那草木之心，
那花布上的龙吟，蓝白间的吉祥，
那挥之不去的童年记忆……

以至于那边驴子上坡的叫，
都成了蓝调。

面　庞

是谁将最终，没收我们的双眼？

——题记

秋虫唧唧
不知是饱暖了在思淫欲
还是因为饥寒而起了盗心
不似隔墙的夜店里
人体器官的干嚎

我以虫为邻
蜗居梧桐山下
远离故土、村姑和乡枣
呼吸着粤B牌的空气
业已长成了异乡的模样

暮色四起，照例滑过
凤凰路的站牌、悬铃木
亦不肯在我的家门口
多做片刻停留
是什么让我如此饥渴

于时间的迷药。终有一天
我将消逝到另一个世界
如果你还想记起

就一定能从我看过的书
走过的路和爱过的人

读到我。就像暗夜里
读到的某颗星星的
面
庞

小树丛

这些低矮的、卑微的小树丛
无名无姓毫无身份地活着
或许它们，来自另一个国度
和柯尔律治之花同宗同源

我也从来世来，仿佛
一直在边缘，苟活了数十年
为了迎接你的到来
小树丛，多了一脉温润的
南国的、红豆般的注视
代替我从侧面打量你
从从前打量你

而我知道，它淋着小雨是快乐的
它沐浴着夜是快乐的
它吸着海风的毒，仍然是快乐的
小树丛，它枝柯横逸
不是为了占领某一角天空
或者斤两岁月

甚至，它不是造物所造

且非父母所生
它以它的名义存在，现在或以后
都无需向世人表白——
它的爱在心里
即使是死，也要死一千年

夜读唐诗见那两行白鹭千年在飞

一只黄鹂鸣，
两行白鹭飞，
时光千秋，
定然来自远古。
我独坐幽窗，
任风吹，树叶承欢，
任水流，迢迢向东。
当夕阳于西岭坠落，
就此虚度了一日，
我亦不为自己，
这一天，这一生
无力去改变什么
而感到羞耻。
因为我知道明朝，
那一轮新日，
依然会挂在我的船头！

分给死神一杯羹

公元前399年，苏格拉底被判死刑，
罪名是：不敬法律规定的诸神。
五月底的一天，行刑者将一杯
标配的毒药递给他，他接过杯子
如同接过死神的一个吻：他爱死神
胜过爱自己和真理！

“我可以从杯中分取一点，敬献给神吗？”
行刑者不知怎么回答：
人们总是习惯将事情分出错与对。
这时，一只不知从何而来的蚂蚁
沿着杯沿，眼看就要掉进鸩液。
苏格拉底夺过杯子，
将死亡一饮而尽。

默　片

红太阳，蓝月亮。
轮番守在天上。据说，人间
的好光景，都是上天心中的默想

比如此时，天上的街灯照向人间
她褪去了白日里的冠冕堂皇
把自己陷进一尊人造沙发里

她挑亮一盏灯花，另一盏身体
也被照亮，被一筐红樱桃照亮
被一筐红词语照亮

为什么此时，她闻到了自己的体香?
想起了一句关于被抛弃的时光的诗
关于爱情，关于忧伤
一个熄灭的燃烧!
此情可问天?去问木桶吧
木桶散了架：其实没有水，也没有月亮

鱼　刺

我被卡住了
——被一根鱼刺
如鲠在喉不是一个词语
它是不吐不快的事实
我吐，我吐，我吐出泪
吐出悔，吐出苦胆、苦水
是谁提一杆长枪
扼住了我的咽喉？

其实，生活就是一碗酸鱼汤
命运是那一根鱼刺
一朵花不可能同时开满所有的枝丫
一个人一生不可能穷尽所有的命运
这句话
是那个擅于熬汤的老人告诉我的
他的名字叫历史
他熬的汤，叫现实

或者说，我就是一根鱼刺
你看时间那狰狞的面孔
就知道我卡住了谁

他的上唇是生，下唇是死
我一不小心就卡在其中
想吃了我，没那么容易
我要抽，我要抽
抽时间的大嘴巴
让他为我痛，并存在着

秋　收

九月菊，站在高处
高举黄金的杯盏，振臂
高呼：万类霜天竞自由！
曾经的种子，在地底萌芽
稻穗和麦穗，本家的好兄弟
遥相呼应举起滔天的义旗
昂首挺胸的苞谷玉米
相继被砍下头颅
排列成送葬的队伍
十月流火，锦衣夜行
萤火灯笼照亮幽魂，上路
却有那秋虫唧唧
不知是饥寒了起了盗心
还是饱暖了在思淫欲
各位父老，我愿遁地土行
做那温柔敦厚的土豆
拥有植物一样朴素的思想
你看我十指葱葱
告诉你们关于葱花的故事吧：
砍头不要紧啊，
春风吹又生！

面壁观佛

此刻，我坐在一条矮板凳上，
面壁观佛，佛也放低了身段
和我平起平坐，低眉信手
抚摸着我的头。

夜深了，鸟和鸟巢都陷入了深睡。
我看见佛眼低垂，恹恹欲睡，
我听着他浓淡相宜的呼吸，
我有一种冲动，想要扑进他的怀里
叫一声我的老佛爷！

其实我知道，他成佛之后
从来就没睡过一天好觉，从来就是
这么一直醒悟着，照看着众生。
想当年，他抵抗了多少诱惑
历经多少磨难，才立地成佛。

如果重来，我相信他
一定还会选择再次投生
到我们所在的这个苦难的人间，
而那时，我将是他的好兄弟，

我会心生不忍，我愿替他受苦，
替他忍受孤独。

一千零一夜之一

古老的夜晚
心，在时间之树倒挂
从唐诗宋词中走出来的我们
依然年轻
高脚杯里，你腰肢旖旎
你的眼睛，使我沉沦

音乐早已响彻
在梁柱间反复渲染着
一种叫爱情的意味
我的爱啊，是一只童话鸟
落在我床头的波斯地毯上
那针针线线密密缝缀起来的
日子，是尘梦，是清欢

是一千零一夜
是比永远多一

寒露，萧红

在病床上，她是那样的消瘦
死亡正在消磨她的肉体
无助的眼神，像丧魂鸟
无枝可栖。她的脸色
裹尸布的白

而她曾经在古老的呼兰河畔私奔
或者坐在自行车后座上逛哈尔滨
身披爱情的救生衣
挂着文学的氧气瓶
是的，她有病
她是时代的病黄金

今天是寒露，偏偏是寒露
叫我孤苦地想起她
她不在广场、公园，或者超市
不在集体舞，不在合唱中
不在碑刻里。她是秋虫

而且，她不是玫瑰
她是药，是药的气息！

余　响

抚摸着冰冷的石碑
除去座座坟茔上的丛丛杂草
在这祖祖辈辈埋人的地方
我献上果蔬、祭禽，点香，洒酒
在香熏缭绕中，总有
一种悠远的目光，与我对视
……原来，阴阳时光
是可以这样通融，交流
天地君亲，代代先人
从来就没有像他们的牌位一样
高高在上。请为他们鼓掌
为他们鸣炮十响
再十响，响，响

小　鹿

我对星空的每一次展望
都是对爱的回访
小鹿啊，你可知
前世我便料定
某年某月某日某时
你必经过某个隘口
以某种姿势降临
我便在那里恭迎
就像金风逢迎玉露
良宵恭候好梦
彼时，你必是满眼纯蓝
为了与你相匹配
我必通体贞白
我们会在花前相拥
在月下牵手
等风来，待雪落
食遍人间烟火
虽然我亦深知
你终归
要回到你来的那个
地方，和星星相伴

那时，我愿你已然
挣脱了所有的桎梏
解开了全部的枷锁
有口通辩，无翼能飞
至于我，今生后辈
我都愿在人间踯躅
守着那份只属于
你我的秘密
按图索骥，结绳记事
得一个善终，好死

醒来的壶

天工开物，开出天地万物
让天有光地有土，却开不出紫砂壶
该是受了神的感召
制壶师揭开了亿万年的封印
选矿，调砂，铸形，煅烧，开壶
……哦，造物

造出来的壶那模这样，空虚又皮实
为了抓得更牢，留个把柄
……哦，让人去描今，模古
壶从此醒来，腼腆入彼世
任由时间，去料理后事

左肩上的鸟

左肩上的鸟，与左肩同龄
它是蓝鸟，喜欢跟风，自鸣得意
且暗自收藏着我的一生
以及从未发表过的台词
遗嘱，或者伪证

我的右肩，在右耳之下
偏向右倾，承受着世俗
生命不能承受之重
左肩上的鸟，自命姓左
叼着生命的轻盈，代我飞：
原来人被创造出双肩并立
是为了托起岁月的王冠

虽然从未被真正看见
但它总是其所是：
有时是我肩章上一朵花
有时是我头顶上一石徽
白日里，它是鹰光照
是我腾空的耳目
或者，是隐形的手势

入夜里，则如妻枕风
是夜莺娇喘的微词
是每日临终必备的关怀

而当我的左手和右手
终于握手言和时
当我的生和死的卷边
终于全部舒展开去时
我左肩上的鸟啊
亦将被死的卷边卷了去
以至于它，从未存在过
亦从未消逝过

我们都是观念的囚徒

梧桐千秋忆

比如，秋千上的花裙子，裙子上的鸟鸣
逝去的事物，想不美丽，都来不及
那时，在乌鸡乌鸡的人群中
她像一只鹤，像众矢之的
落入我的尘网，她收起了凤凰的翅膀

此时，我坐在那秋千上，风是推手
而我的身前，是一棵梧桐树，身后
也有一棵，树上的花，也是一样地开落
沿着这条梧桐路，我用笔名，重新开始
活着，爱着，写着。一直到，路的尽头
就是梧桐山了，那山中，有一座，合墓
我抬头，低头，合天里，都是，梧桐雨

红苹果

这些和树枝失联了的一群苹果
三五知己一样躺在一起同呼吸共命运
它们有着红苹果一样红扑扑的脸蛋
满心的欢喜，这般陶醉于自己的红颜
似乎天生不会有衰老的皱纹和远去的青春
我真想和它们攀亲戚，和它们共一个篮子
甚至给我爱的人取一个红苹果一样的名字
在她身上做尽春天在苹果树上所做的事

人类轶事

端坐如遗像。
作为人的代表
他把自己陷进深深的夜里，
像一只蠕虫，
爬进了黑暗的卷心菜
灵魂的绞肉机
将白日里的失手，或失足的
悔恨嚼碎，敷在新鲜的伤口上
伤口也就有了岁月的包浆

而死亡，只是一个逗号
随时准备打断我们的行文
我们一边继续着我们的故事
一边总是在失去，失去
仿佛失去才是得到的通行证
诗人啊，一个新句子
真的就是一个新世界吗？

但常常他是感恩的：
上帝创造了具体的人身
我们用肉感，来快乐或忧伤

又如同神创造了竹子
人类便发明了箫，和竹签
所以，湘妃竹里不止有泪斑
那么，在这充满人文的夜里
让我们穿上海魂衫
吹一曲《军港之夜》吧，
或者披上褐色的道袍
装神弄鬼，打一卦吧
一切的心血，不会白流
所有的伤疤都将有个说法

土豆，或曰诗艺

言词的土豆，长着花面红颜
我的目光，长着蝴蝶的翅膀

愣头青们，把土豆连根拔起
热衷于贴标签，设二维码
并以土豆的门徒自居
宣称将，管住人的嘴

真实的土豆，以黑暗为养分
它的晚课是温习，是默祷
它深埋于地下，独自啃着泥土
当雪落下来，因想起白发
而无地自容，遂向远方
摇响了马铃

瞎子琴师

这世上，
没有哪一片阳光，
配得上，他的目光。

他深踞于黑暗，
在音乐的原乡，操弄着……
上帝的琴弦！

这点滴琐碎的光阴，
已被他的银匙，调制成一杯软茶。
我看见自己的影子，
肃立成，一株向阳花。

周遭的一切花鸟虫鱼，
亦因受其洗礼，
而复归神位。

死案现场勘查笔录

门上有红印天条
天上落雨就像落刀

三月末日，刑警鲁子
对死案现场进行勘查：
钥匙倒插门而入
未见看门狗一只
门口鞋两双：一双是破鞋，向右
隔门柜里，有断粮猫
餐桌上未见残羹冷炙
水仙花，开了个球
驴皮沙发背景墙上
挂着一张单人遗像
尸体新鲜，着白衣红裤
斜倚卧房红门口
白萝卜般的大腿上有淤血
（注：胃内容、心切片，详情待尸检）
蚕丝鸳鸯被面皱巴皱巴
有雌雄同体的人生轨迹
床头有灯，如红豆
灯下佛书，一本正经

翻页停在捌零后

双重遮光的帘幕漏着光

像包不住火的纸

开窗即可见对面有苍狗

再远，就是白云

而帘下，好不容易挤进来的一米阳光

又渐渐地被阴影

灭了口

墓志铭

世上的窃贼们，当你
经过诗人鲁子的坟墓时
请你小心被抓了去
因为他生前是个刑警

红樱桃

我从两个黄鹂鸣翠柳，切入春天
看一行白鹭从水面跃起，并渐行渐远
滑向虚空，像盐溶于水，像白融入白
像现实化入梦境（而非梦境之门）
而在空中飞的除了鸟儿，还有风筝
以及随风飘散的一些姓名
它们有的像咳嗽，有的却注定像癌症
每天都有新的名字在诞生
你紧攥着线索，你和它们互相牵引
而这一切以你我之名行于世上的
终将消失，归化到那死亡的梦境中去
（何时醒来，等醒来之后再说）
问题在于，我们将从何处撤离?
从花未眠，从醒酒词，从一切的涉足
从你望我的眼神，从我五指松开后的远方?
风吹过，诉说一坡狗尾草的风烛残年
水面泛起的涟漪，又仿佛是上帝带来的思考
而我只愿在你午梦后叩门，带给你
一篓子土鸡蛋和红樱桃

四月箫曲

作为地球的原住民
我曾听过天外之音

霪雨的三月
已不见凤眠于林
那关山的月啊
像发霉的绿毛虫
阳台上晾晒的不是衣服
而是沉重的肉身
就连我潮湿的影子
也粘在斑驳的墙上
撕也撕不开
对面重重帘幕下
一个雉衣的女子
横着一根八孔的竹子
吹出一个个的哑铃
空气中弥漫着霉豆腐
老鼠屎、阳痿不举
千百年以来的尾气
一地腐朽的名词
和根本不动的动词

“三月休听夜雨，
如今不是催花。”
那花儿，越是长大
越是成为压枝的包袱
你看那枝头的残梦里
满是压迫者的抓痕
和无法形容的形容

而这被灯火玷污了的夜
怎可迎娶我处女的四月

良夜苦口

@所有人的良夜
我备下好酒好菜
和大把钱财。恭请
列祖列宗
爷爷奶奶

一番伏惟尚飨的苦口
婆心之后，我像一个
设诱的钓翁，静静地
守着湖面，恭候
愿者
上钩

没有看见牙齿和舌头
据说他们吃饭不用嘴巴
走路也不用脚板
在恭送他们离去后
我把自己留下来
默默地擦洗他们
刚刚用过的碗筷
和曾经用过的姓氏

并把今夜擦洗成
无边的湖

癞蛤蟆修正案

癞蛤蟆姓癞
这不是天灾，而是人祸
此时，癞蛤蟆蹲在黑暗的井底
墙壁上的水珠，滴答滴答
在数落着它的残年
回想起年轻时，它对丑小鸭
那一场绚烂的单相思
如同一纸包不住的火苗
不曾想，这一纯粹私人的情欲
的燃烧，迅速燎原成一场全球性
的文化火灾，几乎把它烧成
死皮赖脸，而那只姓丑的鸭子却在
浴火中重生为姓白且富且美的天鹅
世袭天使的翅膀和面庞
多少年了，癞蛤蟆的肠子都
悔青了，它把那些令其心碎的
记忆的碎片，都缝成了铠甲
以至于我刚才，在蓝天出版社的
一首白天鹅的自传诗里
将癞蛤蟆读成了穿山甲
在此，我向权力机构提请

赐其复姓永袭：卡西莫多
希望它有一双同情的耳朵
更是祈求上天能赋其异禀
进化出毒舌一枚
醒目一对

桃花判词修正案

时间的行刑队！
看，东风又举起了剪刀
判决书只有两个字：太美
逻辑也蛮横：红颜祸水
你惊讶，宇宙中到底还有多少
这种天杀的暗物质、暗意思
红极一时的枝头
是唯心主义的花朵
当，意义的烈焰之后
万念，都落进时间的灰烬
唯余语词舍利
就如同落花流水春去也
桃子成为桃树的孤证
而一棵桃核被复制粘贴
成为一片桃林，是天赋人权
即便龙是虚无，驭龙术却一直真实
一柄桃木剑，更是直指虚无
那么桃花去后，枝头得到的神授是
——传位于龙

杏花修正案

长久以来，人们认为是红杏出墙
陷落了婚姻的围城
而怪罪于法律的熟视无睹
其实是那水性乱花的人欲
不修边幅，和阳痿不举

我，作为我的代表
在此提出杏花修正案
请求叶绍翁、杨万里、陆游等
各朝各代的代表
撤回相看的另眼
不要关住那满园的春色
让杏花的白是真的白，洁是真的洁
让它的天真不带淫邪
让新鸳鸯和蝴蝶的梦，温柔同眠

禾雀花修正案

权力是个致幻剂
蚂蚁位高权重了
就会奴役大象
大象如果建成了通天塔
天上飘过一根鸡毛
拿到手了，就是令箭
下发了，就是通牒
话说这禾雀花
据查，也曾贵为雀鸟
高高在天上飞
按理，凡有天启
都该听它的
只因人类掌握了
命名的巫术
篡改了造物法
将禾雀贬成了花朵
鸟说，人类带笔的
罪恶，远胜于带刀
呜呼，我之不幸
或有幸为人
愿聘自己为首席讣告师

在此提前诏告天下
让禾雀重返鸟时代吧
为此修正案
我愿天空把我一头撞死
只要能给我在天空
安个墓地

杀羊开泰修正案

寨子中央的晒谷坪
脚手架上，手忙脚乱
他们说，这是祭天台

随着落日的头，掉下山崖
孝服一样的白月光
从天上倾泻，披于人肩上
篝火搂着鬼火，跳起长舌舞
三岔口，残留着车祸现场
鸟铳，天打五雷轰轰轰地响
神经兮兮的祭师，叨念着
天知地知你不知我不知的词
牵来一头低眉善目的羊
手起刀落的一刹那
鲜血飞溅，地面开起了佛花
那地皮也因见红，而成肉身

没有法律，没有审判
甚至都没有通知家属
只有人类虚构的遗言
他们说，羊愿意替罪

聊斋之修正案

我把所有的死都死过了
所以，如果我还活着
便会召集亡灵，集于豆棚
瓜架、红绡帐里、茜纱窗下
活人享受阳光和鲜活的空气
他们死人，倒吸一口凉气
享受黑暗、泥土和尸体
细雨如丝线，密密缝，将
天上、地下缝为一体
天地看起来，浑似一件慈母衣
“岂曰无衣，与子同袍？”
活人着新装，混圈子，见皇帝
死人没那么讨嫌，他们很安静
即使获了奖，也不发表感言
即便说话，也是用沉默说话
让星子般的话，满布夜空:
人世，从某种角度看更像是
幽灵大讲堂，重播的言拍，或者
是由亡灵众筹、自编自演的续集
兄弟，如果至今你还没有尝过
活人活生生死在你怀里的滋味

任何醒世名言都是鬼画符
因为一切死亡，都是天生自锁
真正的死，是活不过来了的

墙头草修正案

墙头草站在墙头上
披头散发，唱着薤歌
草尖上的露水，又历一世
走漏了的风声，依新约
重聚首于墙根。空气中
弥漫着马耳的窃听
有良禽，无枝地哀鸣
田野中，那束稻草
挺直了腰杆，在强做人

墙墩朝南坐定
其余的方向，便依序排列
一股歪风吹来
墙头草和它的草影子
一会儿南一会儿北
世界，真的就如是我闻
分为墙南和墙北
两大阵营

乌江鱼烹饪指南修正案

首先，要像屠夫一样
亲手活捉一条鱼
在杀鱼儿之前，
瞄几眼墙上的白度母
再瞪大双眼，鱼眼珠一样圆
然后，与它面面相觑
与它沆瀣一气
想着它即将被开膛破肚
被抽筋刮鳞，被下油锅
然后，松开你的刽子手
用强力洗洁精洗净你的爪牙
再流下你的泪，不要去擦拭
虽然泪水不能冲刷罪恶
但泪水顺着食道、肠道
能一直流到你的心里去
这样，让心软化，软化
再软化成一片乌江水
待夜幕降临，切忌开灯
要让乌江寂静，寂静得像命运
命运里流淌着命不该绝的
鱼水之欢

代开时间的发票修正案

时间，其实是一潭活水，
一把争分夺秒的风尘勺子。
我艳羡，掌控着时间阀门
开关的钟表匠，手握着大把时间，
慢条斯理地，修理他人。
骚扰电话就像蚊叮虫咬，
拍死一只蚊虫，对人生并无建树；
这不，叮铃铃，叮铃铃，蚊叮社又来电，
言称代开发票，并承诺我消费的
每一分钱、每一分钟，都给报销。
手机，已是追魂夺命的追踪器。
随便拨出一个乱码，经过发酵，
惊似半夜敲门的鬼，甚至沦为
第三者插足，从而陷落婚姻的围城：
伤害也是建树，吹牛者不会变成牛！
上帝就是这样被人为赋予超能力，
记得初见上帝时，
他单纯得如同一个单词，
从未开口，向我们兜售时间和耳匙。
只是暗地里，仍有假账流行，
比如那花凋前的昙花，

已将它与露水的私房爱，
从一朝一夕，修改为
一生一世。

为什么不把春天留在春天里修正案

为了得到一枝桃花
那人活生生地把桃树
截肢
那粉红的、淡白的桃花
盛放在透明的玻璃瓶中
好像实验室烧杯里
血淋淋的内脏

为什么不把春天留在春天里?
为什么人被简化为一只鱼眼珠
漂浮在暴虐的海里?
冷漠，空虚的玻璃耐不住寂寞
幻想着怀孕

即便说，一枝盎然的桃花
使蓬荜沾光，而满室春晖

人们隐藏起邪恶的私心
不断地将世界刷新，甚至那
万物都来不及眨一下自己的眼睛
可怜的看守，想着将春天一网打尽

可有谁能保证，这被铸住的春天
不会越狱逃奔
任凭怎样地追讨，审问
一切美好，从来都是站在
最原始的事物的最原本的枝头
嘲笑一切过往的、笨拙的东风
和人类意淫的、思想的后尘

假山观虎记

它迈虎步，站到了假山的最高峰
用虎视，将整个草原尽收眼底
这画面好美，这铁栅栏的画框好相配
正值午后，午睡后的太阳睡眼惺忪
猎物来了！老虎扑上去
摸、爬、滚、打，一套假动作的厮杀
将一块切糕样的砧板肉活捉
那胜利的神情，活像我女儿
在幼儿园得赏了小白兔
吃完小点心，它昂起头，张开
血盆大口——眼看就有一场虎啸
脱口而出的，却是一个喷嚏
一阵风刮来，对面高塔上的木马
旋转着，像万马奔腾而来
老虎赶急下山，躲进铁笼里
像一只布制的乖乖虎

算命瞎子的鸟

瞎子无后
出柩时，不见披麻戴孝
一只画眉鸟，飞临棺材顶
那两只脚，像钉子
悲伤的鸟鸣，像漆黑

人们都认识它，它是
瞎子的命根子。风传
它一岁出道，半年转正
三岁而不惑，五岁即知天命
多少年来，它用鸟嘴帮乡邻
从卜签竹筒里，叼来好运
发财的发财，消灾的消灾
不孕的怀孕，不孝的变孝顺

三声铳响，人们下山
汇入生的洪流。数日后
培坟的人传来消息
瞎子的鸟，死在了坟头上
活像一个真身
舍利

余　晖

你的一生，盛大而光明
是时候了！是时候把你的阴影留下
让你玫瑰的晚脸，在落日的余晖中
挂满树梢，让蝴蝶顶着你的花面，游行

我看见未来的岁月隆起
在那神秘而美丽的异乡，一切一切的
瓜葛、病痛和噬小，都充满神圣的意义
即便此时，我悲伤而战栗的影子
在天光中，丧钟一样地响起
几可抵近，那绝对沉默之边缘

前程与后事

要出远门了！
父亲带儿子一起去看备下的棺床
儿子打开那漆黑的棺盖往里看
空空的，仿佛埋着一张脸
顿时感觉到一股阴风

父亲绕棺一匝把材板拍遍
很是满意自己这最后的归宿
“坟地昨天也指给你看了
我死了，就守着那个山吧
祖业不能丢！”

交代完后事
父亲送儿子出村口
“趁年轻，奔前程去吧！”
就这样，儿子来到了千里之外
从此，眼前的每一条道路
都像一个心脏的听诊器
不由自主地，伸向那个老屋

镜子的无言绝句

被杀的狗，因为从镜子中瞥见了无数相同狗模样的同伴被杀而加倍了死。镜子则因盲目的繁殖，而仿佛成了罪恶的渊薮

探　湖

一个人骑云，驾驶着影子
把一个小小的金属钩子
针蜇一样，扎进湖的肌肤
然后，他握着鱼竿
放长渔线，抛下诱饵
搜索着附近的鱼

这湖，原本乌有
只因在一场天翻地覆的运动中
借来地壳，组来溪流、天光和云影
那小鱼小虾，散户一样拥进湖市
“青云衣兮白霓裳”
你看这黄昏的湖面，又换了新装

黄昏，空荡荡的黄昏
女友提着竹篮子，去湖边打水
我手敲木鱼，心里直打鼓
面对着晚宴上一锅鱼子鱼泡
五味杂陈：那是一窝的湖宝宝啊
阿弥陀佛，少吃一条鱼
胜造七座湖！

眼中沙

"我逃往何处？你充满了世界。"
——【法】玛格丽特·尤瑟纳尔

我是一粒沙子
得以栖居在母亲的眼睛里
打喷嚏时她说，谁在念我?
仿佛真的不知道是谁在念她
岁月是耳边风，不舍昼夜
扇她的耳光：她的一生歉收
未曾有过蜜月、丰年
我是挂在她嘴边仅存的硕果
后来，岁月将她杀死而放之四海
四海无边，处处都是沙，是她
她淹没了我，成为风之泪、眼中沙
并以结石之名，结于我心、我肝、我胆
终有一天，儿子啊，你将
在我的火化堆里挑骨头
那不是舍利
那是在人间世代流转的
一粒沙子

清源山上的在野者

他拖着枯瘦单薄的柴影
一双浊眼，迷雾般望向我
在清源山湖边的果园里
我见到了我的老年：一个
在野之人，背靠着柴火和余粮
落日的光，追随其脚后跟
并打肿了他沧桑的老脸

我向他展示了业已被人世
打磨得足以彪炳一世的履历
简直就是一本神话地图
标记着走过的桥、吃过的盐
读过的云、爱过的鬼
一如儿子向乃父比画人生
关于未来的诸多可能性
我还可以阐释得更美

而他，他只是干咳了几声
这一辈子他很少表扬我
我和他，也无需语词的中介
他用拐杖敲打着地面——

一枚因果，从树上掉落

一桩没有盈亏的买卖

我和他的缘分，将尽

金勺子

我是含着金勺子出生的
当我碰巧被掷进世界杯
初来乍到，我便鼓舌如簧
发出碰瓷般的声音
一哭二闹，便既有奶，又有娘
睁着眼睛着说光来，光便真来：
一切，都是最好的安排。
慢慢地，我也就从一名观光客
反客为主，成为一个主人公
从最初的信其无到之后的信其有
兹一信字，却是世上最大的鸿沟
该要倾注多少爱才能填平
于是当我说你好，世界便真的你好
而且不仅你好，我也好，我们都好
是啊，就这么简单：真理，或许
来自口舌之争，但世间最美
最善的声音，一定是静音，像吻
而如今，我用这把金勺子
在语言的池子里舀水喝
并到辞海里，打捞定海的神针
你猜，要怎样的一个字才能定海

定人生？我们一直都在找答案
或许直到最后当我闭目结舌时
你我能有此见证
那将是一个怎样的光荣啊
尔时，全世界咸聚于此
退后一步，并一再退步
替我闭门，谢客

死亡案现场

那些摄像头啊
因为害怕
泄露了现场的秘密
而齐刷刷地
弄瞎了自己的眼睛
只有死者一人
身居致命伤伤口的核心
掌握着事件的真相
但他早已
远离了人们的呼喊
和热切的目光
似乎那呼喊也被漂白
目光成了警戒线
而在鲜血流尽处
长出了毒草一株

审　讯

国字脸警探，满腹的审讯技巧
像怀揣着一根闷棍，随时准备
对已说出的，和未说出的话，予以痛击。
三角眼嫌犯，被铸在四方形铁椅上
瘫着一张小鬼的扑克脸
一言不发，拈指微笑——
在这个世界上，他是唯一
知道那个秘密的人……

致一只林中小鹿

循着雪地上梅花瓣一样的脚印
就能找到那只梅花鹿
你想象着它活蹦乱跳的样子
多么像我们的青春啊
在天光中，它挥洒着，是那样的
快活……远在枪手的射程之外

净 瓶

渐次减去花枝、草叶，然后是
水、土，最后连空气、光线都删除，
直至所有的颜色尽失，记忆全无。
在这样一个不知今日何日的清晨，
一个花瓶被倒空之后，反倒
挣脱了一切的桎梏，得以虚怀。
于是我便看见漫山的花枝、草叶，
和万水千山，纷纷前来投奔。

挂　青

泪点，早已省略成雨点
柳枝像破折号一样，插在坟头
挂青，只因我与足下这片土地沾亲

是啊，这个短松坡，是先人
浓缩的山河，而在其间萦绕的
岂止松涛，岂止人烟，又岂止星火

试问，在这草莽间，谁在守夜？
就连蟋蟀的叫声，也像是在祈愿
露珠的一世里，将藏着永恒

挖土机

张三牵着一条杂毛的走狗，去遛鸟。
一路上，狗不理鸟，鸟不理狗，
几句话的工夫，就到了自由坛。
张三打开笼子，把鸟放在鸟拉屎的地方，
狗也去掉了链子，都是多年的朋友，
人也就习惯了狗改不了吃屎的习惯。
这时，一台挖土机，开进了公园，
雄赳赳气昂昂。
面对如此“怪兽”，杂毛也不免异心突起，
发出“友邦惊诧论”曰：汪汪汪！
那鸟也自然是好鸟，好鸟不打诳语，
所以此时它宁愿不要自由，
躲进小笼成一统。
只见那挖土机，对着一个土包子，
张牙舞爪：大地的内衣被扯烂，
乳房被蹂躏，节操碎了一地。
而张三，也感觉到自己的身体被拆解，
被重置，变形为一只卡夫卡的甲壳虫。
就这样，挖土机不停地挖啊挖啊，
一分一秒地挖，挖了整一个下午，
而后挖土机召唤来一个大卡车，

将挖出来的这个下午和渣土，
一齐运走了……

鹏城，一日之遥

昨夜写了一首烂诗
坏了今日之好天气

我不该局限于雨伞
和钥匙带来的安全感

我不该满足于警灯
照拂下的方寸之地

曼城的血从万里
之遥，溅了我一身

注：2017年5月22日英国曼彻斯特发生爆炸案。

证人证言

天边，一颗扫把星
打着双闪，滑过双眼皮
他站在庭前的林荫里
用心算法，计算自己
心灵阴暗面的面积
行前，已念过一本正经
与两部刑法修正案了
此时，裤袋里还揣着
用哲学烘烤出的几片面包
和用逻辑严密缝制的锦囊
但，他的思想包袱里
仿佛还包着个泰山
他不想她的死比鸿毛还轻
他想要他的证词
刀下留人

在公园

公园的长椅上，
是我初次吻她的地方，
呵呵，故事很老套，
开头也千篇一律。
那些王子与公主的故事，
不也这样吗？

公园的风光，四时皆不同：
春天，像极了少女的花衣裳，
金秋，则如美妇脱衣，直到
看见大地冬雪般洁净的肌肤。
人生的秀色，不也这样吗？

回忆如影子，影子总能抓住人。
但我不想过多地回忆过去，
都说时间如漫漫长路，
这不，她又站在了路中间，
“老伴，我陪你走到那
长路的尽头去看看，如何？”

马嵬兵变后唐玄宗入蜀，七夕驿馆闻铃

檐下有大悲伤
宫娥们说那是贵妃娘娘
一枚残月孤悬
仿佛天上伶仃的王
有星星落入草丛
沦为流寇
那草木啊，奈何
像草木灰一样
我想起我的家国与窘途
梦见你身披蝉衣
被死亡的火焰吞噬
渔阳的鼙鼓敲碎了我的心
我把我破碎的心铸入铜铃
任你悲伤的灵魂
夜半来
磨我的牙龈

风中观自在

一个人，自由行。
来到一个叫菩萨蛮的
小镇：青石阶，红招牌，
各种佛像，当街大甩卖。
穿堂风，穿堂而过，
掠去古巷尽头的梅花瓣。
如是，我看见：
从西天飞来一张旧报纸，
一个观世音头像，
在空中，自在飞，在飞，
最终，跌落在街边
张屠夫的屠刀下。

夏日私房

时间的鱼，在水瓶里游来游去
手机里人头攒动，他们的喊叫
都被我调成了静音，我潜水，换气。
电视中，碎花泳衣、波点内裤晃动
仿佛我的内心戏，在海滩公映。
但苏小妃并不知道这一点，
她蜷缩在竹凉椅中，睡着了
熟睡得像一只牡蛎，嫩白的肉
流着哈喇子；曾经，她一口咬定
一个人，一生，只能活一次
可自从爱神上了她的身后
她眼见那木炭，也是可以发芽的。
这是夏午，一只蜥蜴趴在窗玻璃上
像是往下午三点钟方向缓缓移动的时针
或许，在它的眼里：世界是透明的
而时间该是静止的。就如此时
我什么也不想，什么也不做
唯愿这夏日漫长，长过我的一生！

命运把她碾入风尘

命运把她碾入风尘。
少女之花零落，她的身体
像一把烂泥，被涂抹在白床单上。
是谁，解开了她日子的纽扣?
黑纽扣，白纽扣，松紧带
捆绑着，青春被锁喉。
一只只来自色界的绿眼狼
用射灯射她，用火烧她的神秘洞穴。
或许，梦该有别材
生命需要新的燃烧
她从污水沟里爬上岸，她丢掉了
她的破鞋，像一只洗白了的黑天鹅
扇动着质数的翅膀和光芒
她钻进新衣服所代表的新时代
口袋里揣着一枚神秘的硬币
老虎机的嘴里，开始
吐出好运气

一只燕山大鸟

从八达岭山口
飞过长城
穿过六环
五环
四环
三环
二环
一环
正中靶心

飞鸟去后
天空便
停止了呼吸
大地将
一片沉寂

在故宫

解说词像一把解剖刀
解析出历史的五脏六腑和心跳
我怀揣着各种杂记秘史
更像是拿着账本来对生死簿
一笔笔婚配、繁殖和杀戮

廊柱间的蜘蛛，编织着帝国
每一个屋檐都在钩心斗角
我抬头看见窗台上的雏菊
像极了刚进宫的一朵少女
游人如织，如鱼贯列

一只蜗牛背着重重的壳
沿着王公贵族曾经走过的阶梯
一步一步地往上爬
我今又把这白玉的栏杆拍遍
虚空中仿佛听到龙吟凤鸣

一匹金黄色的阳光
透过苍松翠柏，照在前庭
一头石狮子上，仿佛黄袍加身

而狮子被自己笨重的影子所限
迟迟转不过身来

半亩方塘

天光云影
我翻耕着每一寸光阴
目光所到之处
文字被拔苗助长
滴水之思得以涌泉

被唤醒的鱼
跃出水面，跃然纸上
时间的涓涓细流
汇入台灯下，那光柱
仿佛宇宙的能量棒

耳濡目染中
世界正变得至大
我正变得至小
小得像银河之一沫
万古之一秒

旅　程

我偏爱从心头
到笔尖，再到纸上的旅行，
偏爱周末，从黄昏的落日中回望行程：
七个手拉手的好兄弟，围着
一堆篝火跳舞，那树尖、火苗，
因我的想念而再次颤动。

十字路口的踯躅者，手持地图，
人行道上的树，在和行人告别。
我站在我的影子里，影子是一匹好马，在吃回头草。
时间的步履匆匆，从不做片刻停留，
每当夜深人静的时候，
过去的一些年岁，总是排着队，去而复来；
它们像迷途知返的旅人，结伴来寻亲。

而为了不让记忆崩溃，我需要忍住一场又一场洪水。
抽来小板凳，花十元钱从付费频道上
买来一场罗马假日的浪漫——
把一切的怕与爱，都含在嘴里，
就像含着一颗五味糖，含着含着就化了。
死，也大抵如此。

十二只蚂蚁

十二个门徒
徒步
一万二千厘米
来到稀饭山
朝圣

人间一日
蚁界百年
或许，蝼蚁们
不会知道
其实，道路
早已设定

而当它们认识到
悬而未决的
一个手指头
对于圣殿的意义
一个节日
一个宗教
就此诞生

与猴山对视

饱食秋日
我随身携带着贪嗔痴
但我不忍
为了一树猕猴桃
而得罪一山的猴子
伤心的时候，秋风起
秋风就像秋刀
搜刮着树枝

春 夕

晚风吹拂，山果从枝上
跌落在封姨褐色的石榴裙下
牛铃声声，带来寂静
细雨落在牛毛一样细碎的日常中

采自春日溪头的地荠菜
已被洗净，正在锅里煮着鸡蛋呢
厨娘倚窗而立，背靠着夕光
和家庭，是那么的温馨、动人

她的目光落在对面的瓦房上
仿佛即将有人要从天空中归来
头顶上，星星亮出闪光的钻戒
暗示它们早已以身相许

而随着黑夜侵入到每一个
凤毛麟角，并完全占领她
她的身体犹如春天的寂静岭
更多的暴雨其实来自内心

赢　羊

薄雾的清晨她提着一桶牛奶
在傲慢庄园，踯躅
你我他，皆构成偏见之门
爱情，仍悬而未决

日子像成群结队的羊
悄悄地穿过足下的土地和五月
牧羊人知道是谁做下的案
使羊越来越少

但事实是：她提着
一桶羊奶就像提着一桶误会
她斗胆穿过灵魂的迷雾
与神对赌而赢得了更多的羊

雪　橇

寒风凛冽，肆虐着
我和松竹梅友共享的这个大地
河流结冰，时间仿佛凝滞

雪地里我抱来薪，救活了
一只火狐狸，它倾身回报我
直至熄灭，死亡，化作一撮灰

千山鸟飞绝，有狗拉雪橇：
那是几个单词，合力拉起的一首诗
和坐在诗歌上飞奔的一个我

水蜜桃

院子安宁。果树飘香，尘土
呼吸着青草，阳光的味道，真好。
篱笆墙下，一群光膀子男人
一字儿，坐在一条长板凳上。
张小月提来一个竹篮子：
白里透红的水蜜桃，映亮了她
绯红的脸；豆大的汗珠滚烫，
那一片的空气，一定特别，甜。
夏天，
多么美妙的夏天
云在天上飘，赛似活神仙。
一群男人坐在一条长板凳上
嘴里吃着水蜜桃，眼睛眯成一条线
喜悦
按捺不住的喜悦
犹如一群猴子，入了蟠桃园。
白里透红的水蜜桃，汁多肉甜，
一定是少女版的张小月。
当月亮重回夜空的时候，
嫦娥妹子留宿在人间。

冬天的信

我在北疆。火炉边
剥了一个赣南来的橘子
在雪白的信笺上写下
“冬天，翠鸟”
然后下山，然后
将信投进绿色的邮筒

我希望收到信的时候
你已是夏天
而且最好是清晨
恰好你也正站在窗边
从信封里
真的飞出一只翠鸟

夜行记

当月亮从对面的环形山，崭露头角，
闪着一种宁静、柔和、母性的光，
照临着远近高低各不同的建筑物。
一个母亲或妻子，从被风吹散的乱发丛中，
理出她的脸庞，倚墙而立，倾听屋子。

睡莲似乎早早地打开了睡姿，
鸳鸯在床头灯的照耀下无声地嬉戏，
苹果和干花在模仿着静物画中的姿势。
（是不是意味着自然总是模仿艺术？）
她望着窗外，白内障视线模糊：
看见被台风“天鸽”
呈现出尚未完成的样子。

是的，时间并不仁慈，她想。
随着墙钟里布谷鸟的一声叫唤，
她的心自动收缩成一个鸟巢，
屋子从睡梦中苏醒，举起它的感应灯
为在台风中逆行的那个夜行者，
导航。

小　青

在我女儿死去的那一年吧，
七月半的一天，家里进来一条蛇，
有手腕粗，一根扁担那么长。
我在浴帘下初次见到它，
它尾部着地，蜿蜒着身躯，昂首望向我。
好不容易把它逼走，可是没几天，
它又出现在床头柜上，把妻子吓个半死。
只见它身子盘旋成蚊香状，细细的头部抬起，
好像是从蚊香中升起的一缕轻烟，
又像一声叹息。
我们用棍子撬它，用柴火熏它，
甚至使出祖传招数，用筷子猛敲瓷脸盆，
都无法将它赶跑。
难道它成精了？
我抬头看见神龛子上的奶奶，仿佛她还健在，
在我与相片上的眼神对视的刹那，
我脱口而出，“天啦，我们的女儿回来了！”
妻子也回过神来，居然伸出双手
想要揽它入怀。
于是，我们扯下那床单盖在它的身上，
然后闭上双眼，默念着“小青，小青”，

小青没有应答。

……多少年过去了，小青再也没回来！

蓝天课

蓝天空虚，又气象万千，
并有十二时辰之美，
打开黎明，就如同打开新课本。

鹰大师把讲坛设在群峰之上，
使用鹰语和风言的双语教学，
我用汉字写诗，练习飞翔，
并在夜校，学习梦中穿梭。

石成于海，悬崖边打坐，
历万万年，于某黄昏证得圆满：
其肉体坠入山谷，
灵魂交还蓝天。

在香格里拉，当我说到马鹿

有一只马鹿，从窗外一闪而过。
车厢里的人一脸狐疑：马鹿？
马鹿在哪？马和鹿的杂交品吗？
我说，马鹿就是马鹿，
就好比缪斯就是缪斯，
马鹿和缪斯一样，从来都不会被活捉，
信不信由你，但，不信是你的损失。
然后我们下车，上山。
有人手握一株长着碎花的草问，
我说，这是时间草：马鹿吃的草。
人们都说这个名字好，便四处寻找时间草，
并以此遣词造句赋诗，编织幸福。
只是，一直，未见马鹿。
随后我们深入到了原始森林里，
一阵狂风吹来，只见天花乱坠，
有巨石从悬崖边掉落，坠入谷深不知处。
对于这一切，此刻我已回到了酒店，
夜深人静，万物都进入了睡眠，
而我想说的还是那一只马鹿，
其实它一直都在，从来就未曾离开，
闭上眼睛你能更清楚地看见它：

那只马鹿，身披着墓志铭，
因为挣脱了观念的锁链，而撒开四蹄，
在香格里拉大草原上飞奔，
它明亮的双眼，回眸的瞬间——
二十七世纪的雏形，如曙光初现……

斧子的思想

一把斧子路过
引起整个树林的尖叫

树的身上长满了妊娠纹
命运，是公的斯芬克斯

被斧子选中的树
挺起了腰板，将成为栋梁

而斧子一生的建树
就是对树木的杀伐

并从那树的身体里
剔出一根肋骨，做成斧柄

采风纪实

天空怎么看
都像是一个巨大的漏洞
但又无可挑剔，几近完美

山雨欲来，风言
有人将用云计算出海量
把针尖磨成麦芒

木铎声声
背靠着山阴的采诗官
把诗歌和死亡当作毕生的庇护

有空穴来风，八面来风
那么祝你采风成功，祝你
今天的采风成为永远的风采

许愿记

今生我欠世界一枝花！
——题记

路灯亮了，夜树开满灯花
亲朋们还在阳台上吹水，侃大山
圆柱形蛋糕已经摆上了台面
点燃四根蜡烛，代表曾经
熊熊燃烧过的四十华年
这时，钢琴里下起了黄昏雨
淋湿了人们的晚礼服
人们随着音乐跳舞，跳舞的音乐
甚至感动了花鸟与木石
看，这菠萝里切出了菠萝的海
火龙果里，一片火红
那玻璃杯盏、印染花布
原本是静物，此时却好似一幅幅动画
然后电灯灭了，烛光微微中
有人说许个愿吧，于是她闭上眼睛，
深吸一口气，将气沉入丹田，隐约感到
心波荡漾，仿佛有鱼咬钩
然后电灯开了，鱼线断了，她哭了
在生日快乐歌中，她哭了
她不知道她想要什么
半天许不出一个愿望来

今夜祝你失眠

一路上，桥梁稳固，火车快跑
河水映着青山，山花带着浅笑
我翻山越岭，终于来到半山
茂林修竹下的一个农家小屋
黄昏铺展它的暮光成为金色地毯
餐桌上所有的灯红和酒绿都同意
你脸上的红晕，恰似那映山红
然后，我们步出室外，沐浴着
夜色和虫鸣，仿佛沐浴着贝多芬
所有这些，将成为不可磨灭的记忆
而这记忆的味道，将浸入到日后
你的呼吸中，你的眉黛间
和你的鼠标里。夜深了
你说早点睡吧，明早去看日出
我说世界蒸蒸日上，我喜欢
你说你把日子过得如薄荷清凉
而当小熊到小熊座落了座
每一颗星星归宿到属于自己的窝
我则像一个猎户，守护在窗下

灵隐寺，寺隐其灵

冬日小隐，隐于灵隐寺。
开门见喜鹊，向乌鸦道声吉祥，
一双草鞋，助我慈航。

万物有灵应识我，我
与那屋脊上的独角兽，互为犄角。
蝴蝶啊，你从那岩上飞进我脑海，
要采集灵魂香！

山泉叮咚，仿佛神授，
每一颗石头，都在尝试复活。
相机镜头告诉我：并非每一朵菊花，
都愿意与屠刀同窗，共和。

塑像师

被斩首于他自己塑造的塑像前
理由是他不敬上帝所创造的神

夜栅栏

展辉医院的围墙外，就是一个坟场，
平安夜的栅栏外，是明日，是圣诞。

今夜。今夜是一团迷雾。
我守护在病床上的亲人旁，
我们都像一个战士，我带领他
穿过了这一团迷雾。

当清晨，阳光照在对面屋顶上，
屋顶上的钟，显示早上八点，
——那不是我们的时间，
我们的时间在亲人重新起跳的心脏上：
不信，你趴在他胸口上听：
嘀嗒，嘀嗒！

桥与虹之古法建造术

一

入门须知：
1. 石头分娩术，或石狮子接生法
2. 天禄兽诞生于石头是解放，还是禁锢
3. 什么样的乌金木，才能变为凤凰或雕龙
4. 把眼光放长远些，深入到鱼和鸟的眼珠子里去
5. 你和桥是互相建造的关系
等等

二

但要创造一些事物，比如楔子、锯齿
必须创造出：搭桥的支架
必须创造出一些经典的桥段
善于利用事物，比如风
可以让它喝点小酒，醉而不失风度
扶着撒娇的柳妹儿，陪伴在桥的身边
桥就不会老得那么快
等等

三

不要把一个单词单独带到建筑工地
它会被切割机切掉一只手，或一个偏旁

四

参考书，主要是《男欢女爱葵花宝典》
学习各种咬合、飞吻，和榫卯结构

五

理解桥的法度，更多的是慈悲
它连接着此岸与彼岸，它建在大地上
虹的建材比较空灵
它的出现是：神来之笔
但人不必自卑，虹与桥互为倒影

六

但，要进入到虹

你必须丢掉人所发明的尺子

预约在六月的下午三点一刻

关闭所有的眼睛、耳朵和呼吸

关闭年龄、身份和学问

关闭树

等等

直到

彩虹高挂起

我们都躺在时间的担架上

捉影记

风满楼。我读堂吉诃德，战风车。
天才的大雁，要凭空排出人字的梯子。
潮汐车道上的交通灯，由红变绿。

从生活中败下阵来的人们，
想用骰子，从赌桌上扳回一局。
诗人啊，用竹篮子打水，捞到鹤影。

月满楼。孤独和孤独的女人，读天书，
戏嫦娥。圆月像一枚熟透了的卵子，
亿万颗流星，亿万个精子。

枣花扑簌

家门口的枣树更像是虚拟
而不是现实，此刻它
又站在一首诗门口

打印机吐出来一份判决书
被快马送到枣树下，她在家属栏
白纸上签上黑字：杨枣花

杨枣花有一年零一夜没来探监了
狱仓内，从铁门到铁窗，正好十步
窗边，已神奇地长出一棵枣树

斗转星移，所有的月光
都如枣花扑簌，落满他的全境：
上帝在摇树，他在接枣

个人剧：倾城之恋

在所有的花朵中，
我只想念你的脸庞。

我是氢，你是氧，
你我是一滴水的海洋。

我把你含在嘴里，
绣口一吐便半个天堂。

而你雨点落下来，
像末日，像耳光；你

撤走了我身上所有的江河，
香港沦陷后，你就是香港。

个人剧：婚姻

两个，红樱桃
什么也没做
它们只是在了一起
似乎就什么都成了
这，就是婚姻

它们被摆上了台面
并以此，展开生活
一个很好的平台
不是吗？台面
或者婚姻

日复一日。当
水仙不再装蒜的时候
樱桃们已年老色衰
没有了月经似的
樱桃红

种土豆的人

山坡上，站着五棵松，最
高的一棵，已身怀一套家具
乱草丛中的一头睡石，刚醒
就被吉日选定，为一座宗祠奠基

田垄中，一个佝偻的身影
被夕光打磨成一把掘地的鹤嘴锄
他往地里，种下一枚土豆
亦如他在黑暗中，埋下一枚落日

在小村庄的听力范围内，传来呼唤
“孩儿他爸，收工回家啦！”
襁褓中的土豆笑了：小小的生命
一出生，就背负着历代考妣

你自己的葬礼

白灵堂，虚白而空灵
终于有一天，你来到自己的葬礼上
习惯来个手机自拍，发朋友圈

圈里的朋友，一个一个来道别
圈外的陌生人，也凑来一份份人情
你的敌人，则送来了谅解

祭台上，摆了你的相片
以及你生不带来死不带去的一些物件
七盏长明灯，为你守灵

子夜时分，闭棺
你时隔一日，见到你死后的尊容
已恍若隔世

而那个女人没有哭
她从腋下取出几件刚焐热的细软衣服
放在你的鼻翼下

三声铳响，八名大汉抬着杠

把你送往归宿地，你发现你自己
或重如泰山，或轻如鸿毛

人流汇聚的时间之峰

当车站广播播放着回家的萨克斯曲，
他的身体里又有一辆列车驶来，载他回家。
我看见在他脸颊上的节日之光，
映照出他的倦容、枯形，仿佛一幅油画；
待要画时，请记得给他打点彩光，
并给他加一个黄金的桂冠。

挤在这辆十二节车厢的列车上，
我写下这些诗句。列车与诗句，
穿梭于山水、城乡之间，以及一切时空里。
工厂放假了，工人们完成了自己的一年。
你曾在工棚的蚊帐里，偷看手机里的相片，
如今就要见到相片里的人了，
你又生出一种莫名的胆怯。

列车满载着旅客。我
坐在后座，我不赶时间，时间也不赶我。
我看见一对双胞胎，身穿一套米老鼠，
脚踩一对猫头鞋。透过他们的脸蛋与笑容，
我能想象，他们的母亲有多漂亮。
双胞胎又在数站台，我很高兴列车很准时，

每一个归客都有人来接。

我也想在接站台汹涌的人流中，
有一个女人在等我，我将带她回家，
给她一片我老家土砖屋的钥匙，
带她到后山顶，将那业已荒芜的田地，
哪里适合种水稻，哪里栽地瓜，一一指给她；
然后，在晚上昏黄的灯光下，
躺在她山丘一样起伏的身旁，告诉她
我也喜爱她身体的每一寸国土。

走了二十四个站，列车停下来。
我看见车头离开它的车厢，穿过道岔口，
去带领新的车厢。新的日子马上就到，
时间之峰聚起，昔日罗列，密集。
在那新的日子和新的车厢里，一定
有另一个我，在新的世界里，呼唤我，
并递过来一根香烟。而我将
藏起泪水，笑脸应答。

鸟宿时间树

鸟宿时间树。
干树枝、干草、泥巴和羽毛，
搭建的鸟巢，状如宇宙。

树叶间，幼虫在吃嫩叶，
过些时日，它就将吐丝，
结茧，茧色灰褐，或银白，
似纺锤，并以蛹越冬，
继之羽化成蛾、蝶……

宿鸟醒来，透过
叶片上小小的虫洞，
望见叶片外的银河万顷；
它埋头，吃掉窝边的几只虫子，
开始新一天的试翼——

越飞越高，越飞越远，
直至从此诗的尾部完全消失，而又
瞬间复出于，你的眼中。

杉木之歌

小杉木在杉木林里
生出了航海的梦：
要贵为桅杆，或征召为桨

有故事一直流传：
它的祖辈因为品质优异
被派往德国，做了钢琴木

成材后，命运安排
它到简陋的吊脚楼里，做
一根房柱，栋梁都不是

云雀为此叫了一整天
“诗歌的门槛，
捐作了猪圈！”

有一夜，
它偷听到
房主人的对话，“木楼
冬暖夏凉，且有明月清风
相伴，如临仙境。”

那一刻，它仿佛听到了
炉灶里柴火的微笑：
原来，我们一不小心就为他人
建造了一个天堂！

在病中

病魔忙着计算他每日的收成，
和向鬼门关申报关税的报表。
我镇日躺在病床的孤岛上，
床头，叔本华在《论人世的痛苦》，
疼痛噬咬着我，撕裂着我，
“邪恶的秋天在我头顶上算命。”
小剂量的清醒被大量的糊涂包围，
孤岛的四周，都是海水，我看见
从海面上前来的救援，都一一败退。
苦闷，悲伤，绝望。
何以解忧？唯有健康，健康！
此时，伤口像鸡冠花一样火烧火燎，
豆大的汗珠从叶片上渗出。
我靠鹅卵石与鸭嘴石的聊天，
来愉悦自己，让思维不至于癌变。
同时，聚会起全部的精神，观测着
输液管的水位，生怕血管破裂，
脉搏停止，时间凝滞。

注：“邪恶的秋天在我头顶上算命”，出自俄罗斯曼德尔斯塔姆的诗句。

在医院，让我们感谢刀

打点滴。点滴液药
就像点滴光阴
从塑料管逆流，而进入血管
作为时间的物质
汇入生命的涓涓细流

疼痛，犹如蛇蝎
侵入我的肌肤、骨髓，与膏肓
麻醉药所到之处
蛇蝎冬眠，疼痛退隐
让我们感谢刀
比起立地佛，刀更爱我

夜半，陪白衣天使巡房的
还有那个隐形的黑衣人
我从未，见过他的脸
但他的手，号过我的脉：
他同意我活下去

而窗外那朵白菊花，却死了
未能克服红颜薄命

一只蓝蝴蝶从那枝上升起
带着神秘纹理的双翅闪动
像来自天堂的灵魂导师

命运线

箩
簸箕
纹路
蛇行
矢，或者众矢之的

饱满的女人
如盛夏之果
她站在大理石的真理之口旁
睫毛上翘
她有的是革命的本钱
让老天爷
一边养老去吧

掌纹摊开
如条条大路
命运线
尽在她手中把握

在一列火车上

空厢不见人
只见一张张人的照片

一个急刹车，一个个
面孔从照片里，呕吐而出

在状如掌心的平原上
火车像一条命运线，向前

向前，而窗外的浓雾
更是加强了其钢铁的意志

个人剧：一杯谎言

在所有的晚礼服中
孤独最合我的身

她，鹤立在乌鸡乌鸡
的人群中，从高跟鞋的

神台上走下来，递
给我一杯92年的谎话

我戴上我的红礼帽
将谎言一饮而尽

一个下流的夜里：
我们跳着一支上流的舞

我的身体陛下啊，剧
终人散尽，仍不肯退位

个人剧：谋杀案

脱掉身外之物，
我把自己丢进浴缸，
用肥皂泡，揉搓着身体，
不由得，哼起了山歌，
快乐的小鸟夺窗而出。

突然，咚咚咚！
你个罪恶的敲门声，
像一梭子子弹的扫射，
谋杀了我的小鸟。

人生果

我看见在夏日鸣蝉的聒噪中，
竹椅子上纳凉的九十岁老祖母，
像一幅皈依于宁静的油画。

她在那里坐定，光线被调和得
均匀、柔美，一切都将就着她，
簇拥着她。她像一棵枝危叶秃的树，
我像一枚果子，我就是一枚果子，
我想重返枝头，得荫佑，听鸟鸣。

日影在百尺竿头缓缓移动，
仿佛鼠标在浏览她的一生。
今天是个好日子，我想象着在
这酣甜的午睡后，她不再醒来，

死亡也来将就她，簇拥她，荫佑她，
并最终，摘下她，收留她。

孤云出岫

贡嘎山归来后，那个子梅垭口
总是横亘在我心灵的视野内，
那雾涌云蒸仿佛大海，将峰峦淹没，
将我淹没，成为一条鱼。那是秋天，
栅栏围着青稞，青稞把一片金黄
写在秋天的脸上，一只青鸟
衔着一粒黄金，立于木桩上，
它将眼前的丰收，尽收眼底。
我，像一顶帐篷被搭建在垭口，
作为过客，我不敢对足下的土地
有所要求，我两手空空地站在那里，
虚怀若谷，看见那鱼跃出，
成为那鸟，那鸟高飞，冲出山谷
消失在我的视线外。万道霞光
照进来，驱散了云雾，我看见
一朵孤云出岫，已然挣脱了一切的束缚，
突破了界限，甚至取消了万有引力，
在那无垠的天空，一朵孤云无人驾驶，
却又仿佛任我驱驰。

春天真的有两把刷子

春天要来，小草总是有言在先
去年凋落成泥的花朵
在一个带露的清晨
突然就返上了枝头
春色满园的时候，你不得不
承认：春天真的有两把刷子
诗人更狂妄，说什么赋诗一首
可令百花开。而除了阳光
还有谁能称得上真正的描绘大师
你看那阳光穿过庭院，抓住了
蔷薇的叶子，吐出的卷舌音
就够我学一辈子了。此时我
铺开一张信纸：那玫瑰
不叫玫瑰，还有谁称得上玫瑰
而我就此，凭空采摘到了
一颗春雷

观　剧

屏幕闪动
时间快播，或慢放
电视剧里的浓缩人生
那是另一个我们在
另一个时光里的背影
当看到女主人公
踮起脚尖来迎接他的吻
我偷眼瞄了瞄
陷于布艺沙发与剧情中
不能自拔的她
我在想，如果沙发上的
她，就是剧中的她
她的爱情现场
会不会有我在，或缺席
而我的生活中如果没有她
我又能在剧中活到第几集
多年后
我们现在的生活
将成为我们自编自演
(谁是导演？)的生活剧
被我们的晚辈

阅读，讲述，与追思
我是多么地期待
他们的人生故事啊
那将是我们的续集
更是崭新的篇章

画　心

喜欢看画展
不懂装懂
装满属于自己的“懂”
替画家去完成
一部分画皮
一部分画心

外婆菜

西装革履，一身精装修
你无法想象他的毛坯：那
一身横肉，被裹得严严实实
根本不会露馅儿

昔日山旮旯的土麻雀
如今，大湾区的董事长
开着德国车，抽着巴西烟
品英国红茶，喝法国洋酒

他谈人生，满嘴的假牙
一盘外婆菜端上来
他抖落制服上的威风
变回了湘西的舅表哥

片尾唢呐曲

唢呐！喇叭口，喷出
声音的火焰，燃烧宽大的
银幕，和我的两只耳朵。
影院顿时，变成了音乐的焚化炉。

几朵喇叭花，蹲在外墙下，
音乐的蜂鸣，在花间萦绕。
街面上所见，都是被音乐歌颂过的事物，
世界，也被改造得，和电影一样。
只有我的生活，原封不动，
和哈巴狗一样，在旧时光的门口，
等着我牵它，从剧中回过神来，
做回自己的主人公。

浴　笛

一曲笛音，给我们带来了
久违的，或者期盼已久的事物。
如此宽广，响亮，足以
容纳一片林海，或一扇心形的天窗，
雷霆，或者虫鸣。

我们是如此的被动，
听任它怒火的唿哨，与丝竹的
思想泛滥。就像海洋露出的牙齿，
不容你触摸。却又有益无害。

突然，它红色的音部坍塌，
开启蓝色的奏鸣。一派纯真，
甚至默许了诱惑，纸包火，变节者。
在这样一个下午，在城市的钢铁丛林，
因为一根竹子的插足，
我参与了一场音乐的外遇。

在短暂的笛声沐浴后，
我发觉自己，已是通体贞洁，
像一枚被精心雕琢过的玉菩萨。

那也是我灵魂最好的样子，
它配得上佩戴在你的脖颈上。

夏日响亮

少女赶着十二只羊，
走在羊肠小道上。
土壤里，喘着饿狼的热气，
山溪细瘦像一条长鞭，无人能将之举起。
我是一只草蛉虫，
趴在了少女的绿裙上，
她的身体，散发出青草的气息。
过了这个坡，就是那个坳了，
四下无人处，她的歌声
将把整个沉睡的山谷照亮！

小提琴的黄昏协奏曲

深闭门。孤独是信使
带来远方和远古。
当日照从香炉中逐渐熄灭
窗外，一支高调的小提琴曲
刺破天空，它为我点燃了晚霞
并伴随着一群乱鸦
栖歇到对面屋顶的瓦楞上
有几片羽毛，迟迟不肯降落；
穿堂而过的风掠过来
将琴曲的低音按在水泥墙上
墙角的三叶草缩紧了皮肤；
同时，那琴声也飘落到了池塘
和着天光云影，低回
并没有立即被水面所吞噬；
当最后一个乐音
以每一帧一个窗户的速度
在帘后落幕，仿佛诸神退去
只留下一个寂静之神
用默哀，向万物，道别；
再抬头时，天空已悄然换屏
——满天星光的音符

时间从我的水杯里喝水，并致策兰

时间从我的水杯里喝它的水，
并用虚无的石子填满它：
我们不是敌人；
从谷物中，我剥出黄金，
并将秋天收入囊中：
我们是朋友。

逝水难收啊，
都汇入记忆的河流，
梦里被泉水说出。

情人啊，我从你玫瑰的花萼中，
采集花蜜，我们相互吸吮，
并分给死神一杯羹。
我们如桃李不言，默然相爱，
并像树根一样缠绕，交欢。

而在髭河，在枕畔，
当我望着你，死神也望着你，
不必害怕，是我们把他喂养大，
让铁树开花，让人生结果，

并最终，让他把我们从枝上摘下：
我们是朋友。

写意朱耷

“山河仍是旧山河”，
八大山人，心似穹庐，笼盖四野。
他向世界献出他的苦心，
孤诣，
消除繁复的机制，
独特视角下的写意山水。

残山剩水也罢，朱耷
他有各种方法，赋予
一枯藤、
一鸟羽、
一松针以事物整体的意义。

但他从来就给不了整体，
给不了滴水里的大海，
给不了一片叶上的秋天。
而且，他并不提供真理，
（因为真理会让人变成傻子！）
他也不认识上帝，
（或许，我该告诉他：
芥子也是小小的上帝。）

又或，我的前生本就是
他笔墨间游走的飞禽走兽，
见证着他将哭与笑、
泪与墨、
融为一体，
集儒释道于一身。
他让鹰立于危崖，
让松鹤延年，
让鹿万寿，
让明月松间照，清泉纸上流。
他割掉皇族后裔的尾发，
他仄身道院而觉天地无限，
他在1685年，而对2018年说，
“四方四隅，无大于我也。”

墙与桥

在七月十一与七月十三之间
七月十二是一堵墙
推倒了这堵墙，就是一座桥
桥下，分秒点滴汇聚，大河奔流。

箫　鸣

那是一支箫，在月光下的奏鸣，
低声诉说着一根竹子或一个人的秘密。
那是一根吸管，在月光中的啜饮，
吸吮着月华、露白、山川之灵。
多少年过去了，那箫声池里的水
还是那么清越、幽深，从来未曾干涸，
只是那取水的人，换了一拨又一拨，
又何曾留下过他们孤单的身影？
而今我在他乡游走，在静夜，我认定
自己就是一支箫，在无人处，自鸣。

箫声曼

这天生音乐的曼妙身姿，
是声音的种子在发芽。

婉转悠扬的曲调，沿着
石壁上的常春藤，向上攀升。

这来自绿野的音符啊，
在箫者的唇上，吹送出花朵、
流云；吹送出弦月、星辰；
甚至吹送出爱、命运、善行……

仿佛这偌大的世界，
就是这样被吹出来的；

而我的心也被箫声开拓，
成为鸟鸣寂静的山谷。

有关时间溃逃及其下落的情况说明

以下笔录我已看过，
和我说的完全一样:
我有一对醒目，看见
世界建立在一张魔法毯上;
我拜时间为大师，
学习它的魔法与易容术。
却发现大师原来是个窃贼，
是个三只手：分针秒针时针
的障眼法，像耍蛇，并用
镜子的循环法，生成了
所谓的历史与现实，
几乎造成了我的盲目。
但偶尔，我也能将其擒获，
并把它羁押在一个小小的
橡木框，或铁皮盒里，
怎能让其嘀嗒嘀嗒放任自流?
……但它是个无形手、
无影脚，真的是个神偷：
什么都敢偷，甚至偷神。
时间的守护者在追逃的路上，
来到一个三岔口，

我向土地公公问路，
（注意，是问路，不是问道）
他指给我看时间溃逃的方向，
分别是从左从中从右。

答约翰·阿什贝利

等待戈多。
终于在“这一天”，
见到了传说中的“下次”。
约翰·阿什贝利啊，你问得好，
“如果一只虫子从这么高的地方坠落，它会着陆吗？”
是的，我从未见过从“这么高”——
九千九百万年的高空坠落啊琥珀！
“下次”先生，你好，
“下次”先生你常来呵！

无厘头

烈日下这雨，下得无厘头。
这无根之水，休想在窗玻璃上活命。
南国的木棉花，整个身子骨的坠落。
一团和气的天空的表情下，撕心裂肺的闪电。
天边一个牛雷滚过来，贯穿蚊耳，
大地上废旧声音的回收，天在做，人在看。
这时，落日的铜锤敲起来，
补天，补锅，是谁手拉风箱，呼呼地响？
亿万的虚无，炼不出寸金的光阴。

生死接壤

子时一刻，在夜的
皮肤上划出一道深深的伤口
这昨日与今日的接壤处
成了她生死的分水岭

惨白的月光透过窗棂
把她的影子粘在死灰的墙上
寒风封锁了黎明的来路
我看见她的人生逆流
坠入漆黑的深渊

一块白布盖住了她的脸
这个曾经给了我肉身的人
成了一个无面孔的人
一个被取消了的人……
她并没有死，她只是消失

磁共振揭秘

人，生而带着病
而死亡，是最大、最后的病。
如果人一辈子没个病痛
你都不好意思说曾经活过。

是肿瘤还是增生
我问医生，医生说问磁共振。
于是，我被勒令交出身外的钱物
作为一个绝对服从的编号
推进机器——更准确地说
是一部机器的胸腔，或胃囊。
不由分说，我被满口吞下
电流声在耳边轰鸣，仿佛
要把整个人都捣碎，麻晕
我闭上眼睛，将全部的肉体交由它料理。
其实，肉体真的像一个糯米饼，
任由揉搓，或者就是个橡皮筋，
可以被压缩，拉升。
在这仿佛准备随时升空的引擎里
一阵又一阵的脑震荡之后，我看见
光被盘剥，宇宙陷落，而归于我的丹田。

这个重达几吨的铁家伙
一定是喝了圣水，吃了巫火
和玛尼石、神竹签、断魂草，甚至佛号
它随便一束电磁波，就能洞彻心扉
破解身体里的密码。那一刻
我仿佛被施了魔咒，怔怔间就已脱胎换骨
甚而我的噩梦和冷汗都被盗了去。
请原谅，从此后与你谈人生的
将是这样一个被迫泄了密的人！

一只松鼠

在公园的松树下，
我正捧读维特根斯坦，
妄图学习他，用不可言说之言说
来界定事物，认识世界。
一只松鼠，看上了我
手中的一根薯条，顺着树干爬下来。

强盗，懦夫，不劳而获者，
一个无名鼠辈，怎敢人前放肆？
我有一箩筐的理由，敌之。
但此时，它用鼠目寸光，
打开了我心灵的窗户。

于是，我贡献了我的食物，
我的地盘，还有我的下午
与之分享。一只
维特根斯坦鼠！

在北京的三环内写诗

被琐碎环绕
一整天写不出诗
没有一个我想要的
词

迷迷糊糊中我睡去
醒来，体内的雾霾散开
——满天
星宿

月亮的银币

一个人用裤兜里的银币感知祖国。
入夜，他把银币放在手心里摩挲，
它开始生长，升温。
他抬头望月，端详着它清冷的脸。
又一枚银币。

此时，他像一个断了线的风筝，
跌落在月光草坪上。
那个追风的少年，曾经，也在月光下，
手里牵着一根长长的线。

草坪突然就像魔毯一样
飞起来，按捺不住。
它载着他，从银币的有字的一面，
向着有人的一面，飞去。

轻与重

一个重量级男子
裤兜里揣着一叠老人头
把他人艳羡的目光穿在身上
从狗嘴里吐出来一缕象牙状烟雾

烟雾缭绕在足浴女蓬松的头发上
她投射到墙上的影子轻薄欲飞
我看见她小心翼翼地折起她的灵魂
像折起一块白手帕

关于阅读的十四行

阅读，就是心灵的远行
一不小心，你走进一座森林
那林子大了，什么鸟都有
什么狄金森，什么但丁

你来到一个三岔路口
你同时踏进两条不同的河流
在博尔赫斯语词的迷宫里
一杯女儿红就暴露了你的身份

而万物从枝头被摘下意义
经过心灵，流转，再跃然纸上
成为人类代笔的呈堂证供

而最终，将有一只黑鸟，来
取走你的双眼，称量你的灵魂
并把你引领到那死后的秘境

海螺壳里的大教堂

小小生命的方舟，
在波涛汹涌中航行。
洁白的沙滩上，
一排排螺壳的墓群。

呵，一堆海螺的白骨，
你把它捡回家，置于神台，
将之视为某种祝福，
你吹响螺号，召唤风暴。

这被剔除了贝肉的生命的
洞窟，确曾是个大教堂。
不信，你尖起耳朵
定能听到大海的哀歌。

或许，大海
才是海螺的应许之地。

G大调与十二宫图

红棉袄的小姑娘，在冰面上舞蹈
天光云影，雪花伴舞，冰面下鱼群
游弋，时间的流水声，都指向G大调
白胡子的老爷爷，在冰窟窿边设诱
那鱼钩像个安静的小问号
在质疑上帝的不存在

“同气相求，同声相应。”
当我们围坐在篝火旁，重新勾勒出
白日的面貌：一个完整的周末复现
就像眼前的这条大马哈鱼，它的弱肉
必将被人类强食，只剩下一个鱼骨的
空架子，徽标一样摆在餐盘上
就像一个十二宫图

哑铃：真相与遮蔽

天花板在上，地板在下
时光静美，被锁在画框
我居其间，像闹钟默想

打量这，香樟木
一肚子好家具，或已
身怀一个佛陀的十月胎躯

书架上，三百唐诗
百年孤独，大小李杜已同居
语言的花罐子，守着空虚

一个现实的午后
一架浪漫主义的钢琴
弹奏出一对：神秘的哑铃

村上一夜

庭前的合欢花谢了
来年村上，春树将另结新欢

墙角的蟋蟀叫春，你
身披月色，脑海里潮汐翻涌
耳畔嘤鸣着泉水叮咚。在
这暗夜里，情人的爱抚使我
受宠若琴，心里又直打鼓

村子像一个阴阳八卦图，他
在图中转圈，因此而转动了整个世界
世界辽阔，变幻，富含的意义
绝不亚于诸葛当年茅庐未出时
心怀天下的雄伟构想

但月光下，并无大事发生
我心归处，世界亦关门闭户

在脉脉夕颜的余光中

在脉脉夕颜的余光中
夜，给黑暗披上了披肩
其实，黑暗的本质，更在
石头的聋哑里，在众树的盲目中

我们找来星星和花朵
找来刀、笔，和炸药
我们赌石，我们押宝，我们
切开词：从词语中闹革命

而此时，你右手的无名指上
戴着一个物质：那钻石闪亮
仿佛成了你们爱情的结晶
你把人生，料理得像一个童话

在暗夜里，他的灵魂发着光
他像一根发光的吸管
他插入你的躯体里
吸噬着液体的黑暗

长夜漫漫，明日隔着山岳

我蹲踞在闹钟的心脏里
守护着点点微光，自信
在多少个分分秒秒后，这
长夜千里之堤，必将溃于
星星的蚁穴

书中战栗

文字的围城。它起于
一个观念：写下就是一切。
作家们乐于搬弄这些材料，
建造从心头到纸上的建筑。
虚构一个人名，吹一口气，
那人便活了，便背负起
被摊派来的命运的枷锁，
忠实地践行着人生的理想。
读者们兵临城下，探照灯一样
全然不顾书中人物的窘迫，
把在小说的吊床里玩耍的人，
架在哲学的篝火上烘烤，让
他们的三魂四魄，在书中战栗；
或者像心灵贫困的叫花子，
向腰缠万贯的精神贵族，
讨要几枚破铜钱。
文章千古，葬身万代尘土，
读书于我，犹如挖坟掘墓。
心灵的纱布，眼睛的解剖刀，
给伤者止痛，让死者复活。
因为爱有益，所以恨无端，

所以每当看见名词纵队的夜行军，
我的座右便打出字幕：
少杀人多接生。
更待夜寂无人时，从那伤口处
放飞身体里的火烈鸟，与黑暗
接头，若能饮尽那一头雾水，
那罅隙里的晨光
将是万物的源头。

落　日

不计其数的落日
遍布世界各个角落
绝大部分都被匆忙的人们
冷落
我走在这个秋日的周末里
大风搜刮着我和树枝
落叶声里，细碎着
一个个亡者的名姓
叫我不忍践踏
抬头望见，刚刚
碾过晨露的那个日头
业已熟透成一枚
血红色的落日
像空枝上的一个红苹果
因无法克服那万恶的引力
而掉落
掉落在时间的担架上

在徽州贞节牌坊下

一座座牌坊一字儿排开，
游人从它们的胯下经过，
我用大拇指把石碑上的名字
擦亮：碑石也因此有了体温。
多少人曾阅读过她们的故事，
唇齿间的铿锵，圣旨浩荡的皇恩，
如今都变成了石头与木头的缄默。
而被钉在牌坊上的这些人，
也曾有青春做伴，如在石板
夹缝中的草根，给点阳光就灿烂。
当死亡的闪电最终击中她们，
她们的肉身被埋于地下，
故事却得以流传后世。
此时，她们的后人正摆着地摊，
向行人兜售甜甘蔗与伤心酸辣粉，
五味杂陈一处。待我回头，望见那
参天的牌楼独自啃食着自己的影子。
我恍惚看见一只徽鸟，破壁而出，
它在努力挣脱徽之本义：三纠绳，
而欲与琴结合，向着美好飞去。

莫兰迪的瓶子

无非是，一些瓶瓶罐罐。
这些个物件，被人们造出来，
实用且美，但易碎。
还有一些瓶子，它们不易碎，
但也不实用。比如莫兰迪的

瓶子。乍看，也没什么特别，
无非是一些高身的、低腰的
圆口的、大肚的，各种空瓶子。
空空如也，在等待一束花
或目光的红茶。

且，毫无新奇可言。
就像在公园里看耍蛇，
他从蛇皮袋里摸出一根甘蔗，
或一根尼龙绳，
冷不丁地，他摸出一条蛇。
莫兰迪没有这种冷不丁。

他也很少用热烈的颜色，
大红大紫，显得喧嚣，排外；

他喜欢低调的灰，
正如同他的履历所示：
灰也是他人生的底色。

而当你面对画布，
与这些“冥想”中的静物对峙，
你将败下阵来：
时间在它那里失了效，
在静止中，时间没了运动的目标，
逐猎者成为猎物本身。

“一点宁静和隐秘的气息”
就这样渗进我们的灵魂，
显示出它精微的色相
与整体的调性。

大路朝天

时间以每小时六十分钟的速度向前推进
他在耕地
她在爬格子
在刚刚过去的一天里
他种植了365颗土豆
她写了千字文
同一个周末，我们都没有白过
都将在同一个时间点上抵达明天

从云杉延伸出的道路

在海拔三千米的高寒地
云杉几十年如一日，坚守着树的本分
大胡子伐木工来了，锯齿低语
他从被伐木疏密有致的年轮中
看见数条道路的延伸：
一条直通山谷，那里有一个马队
一条伸向乡村，那里有一个酒窖
一条伸向城市，某个钢琴室
那是音乐的殿堂、声音的丛林
另外几条道路模糊不清
他隐约看见一场大火、一堆灾难
又或是一点光荣、一丝温暖

气球与针扎

这病天气
把这雨下得淅淅沥沥
像打点滴
作为股灾前的百万富翁
他埋头，回到贫民窟
在廉租房里讨生活
抱怨声中，他按下
心头怒发冲冠的汗血马
做了老黄牛的接班人
任牵牛花牵着他的牛鼻子
见人讲人话，阳卦
见鬼讲鬼话，阴卦
让所有的鲜花和掌声
在规定的时间在规定的地点
按规定盛开吧
把彩色的梦幻的
如露亦如电的气球吹起来吧
他手握着现实的针扎

岁末交响曲

这些日子
浇筑起岁末的屋顶。
而它起舞，演奏一支交响乐
或小夜曲，为我曾经爱过的事物
都跌入了时间的深渊。

我像一只脱掉昨日之壳的金蝉
从那离弦之箭上，捕捉到
新日之光与岁月的回响。
“你不能把其中一个音符
孤立出来，说它是好是坏。”

当星星离开星空成为微尘
当我离开尘世成为流星
当你从我与万物的交响中
听出命运的弦外之音
请你记得一定要原谅我。

注：“你不能把其中一个音符孤立出来，说它是好是坏。”语出美国诗人约翰·阿什贝利。

梧桐书简

噢，我无法代其他地方发言……
——（波兰）辛波斯卡

一

山在上，我在下，
请受小生一拜。
一步一梯，一词一膝盖。
我们聆听你桥与墙、风与旗的对白。
看见你身穿春天的绿蟒袍，
盘山公路似扎腰带。
一日，一年，我们俯伏在你脚下，
你脚下的人，或蚁，都高攀不上你。
我以我之名，申请深入你的腹地，
你的道路、血管与肌体。让我
成为你的心脏，让我捧读你，
你山一样静穆的脸，
不管是僧面，还是佛面，都是
溪流满面地望着大海。

二

梧桐山的泉水，像是从安格尔
少女的瓦罐里，源源不断地流出。

我席地而坐，逐水而居，和
小鱼小虾，共一个水坝，同看溪花。
八大山人画中的走狗跟着我，
人、物、景，与我同台，对话，
此在，即是历史与当下。
一代又一代，落花，流水。
那二线关的石板下，埋着跫音，
过路客的囊中，揣着记忆豆。
人，都快意于眼前、足下，尽管
都将是历史的残片，却
也可以是一个单独完整的梦，
无需时间的拯救。这样的人世，
才既安，且全！

三

如质数的孤独。
星空的帐篷下，梧桐夜。
我以大地为床，盖着一张无眠的被：
被子上，有两只鸳鸯戏水。
我对着天空数星星，星空浩渺，

如同我曾神游却再也回不去的梦境。
我点燃一卷烟，就这样醒着，
夜色也就此点燃了我，吧嗒吧嗒地抽。
那袅袅烟缕，相互纠缠，咬合，
无形无状，无边无框，
恰如一个人的灵魂，与肉体的嬉戏；
眼见那烟缕，终被黑暗所吞噬，
它们存在过吗？它们消失了吗？
消失到上帝的眼帘中去了吗？

四

山无言，亿万年如斯。
我在喧嚣的尘世中跋涉，抵达今夜。
今夜，在梧桐山，在鹏城第一峰的山巅，
从盐田港吹来太平洋的风，激荡着我，
我看见群峰，向黑暗中蠕动，
百川，都在请求海涵。
我躲在帐篷里，就着烛光擦星星，
在山顶，我自己也是一颗星星，
我与另一颗星星，擦出了爱的火花。

一夜梦露，醒来如同隔世。
当新生的霞光点亮山盏，
我顺着日头的追光，
透过槭树枝叶间斑驳的影子，
看见山底的炊烟起了。
呵，一派生的洪流。我将下山，
去历尽人间烟火。

五

梧桐山是我的靠山，
是我都市鹏城依恋的身躯，
那里有小径、爱溪、虫鸟和花树。
夏日里它是浓妆艳抹，
冬日则一味地清心、简素。
冷雾中的月亮，像枚书简，
却不知，欲寄何人斯；
想象中的鹿，总是出现在永恒的
溪流边，我欲将之入画，
却总是低头不见，抬头见。
女儿红装，新识得红冠朱背鸟，

雨燕微渺，一首诗轻万户侯。
当天空涂鸦的归鸟投林，
我从山巅俯瞰城市灯火万家，
一颗红心，两重域境，那
感觉如同：乔达摩问悉达多。

六

你还记得那个地方吗？
小鹿曾在那潭边，饮水，
每每都碰碎一个月亮。
神奇的月亮，破碎了又重圆。
那月光，真甜。想想，我也
曾在那取水，你就是那小鹿。
小鹿啊你可知？前世我便料定，
你必于某年某月某日某时，
或每年每月每日每时，降临之。
我的眼睛，是小小的囚笼，
却锁不住你的奔腾，你的无处不在；
你，是那虚空中的幽蓝，灼烧我。
为了与你相配，我通体贞白。

我们在花前、月下，在梅边、柳边，
等风来，待雨落，食遍人间烟火。

七

佛诞日，我捎上一束天竺葵，
前往弘法寺烧香，拜佛。
一弓开两箭：左走福田，右走盐田，
地名都是如意吉祥：布吉，莲塘。
街上在卖色情卡，和毛发再生精，
收音机里，黑鸭子组合在
演唱大悲咒与心经。
山坡上，有山坡羊在吃草，
对应着蓝天里，有白云在流浪。
瞧那寺庙的金顶，连着经幡，
一步一个石梯子，连着佛门槛，
一个小我，从车厢的小庙里走出来，
托体于梧桐山阿。
我的双手合十，从我温暖的掌心里，
诞生出一缕缕香火。

八

山上的树，像持枪站岗的
哨兵，保护着这一方水土。
我在树下休憩，给它拥抱，
就像拥抱我的儿子。
待其长大成材，我就接它下山，
做我的家具——书桌，或者床。
做爱，或者写诗。
在爱中，在诗里，我们被种植。
原本，我们就是一棵树，
从一粒偶尔的种子开始，
不断生长，会思考的树，
在等待一把最终的斧子的树。

九

天空中，有雁阵。
山间小路，鲜有人行。
我踩着韵脚，雨坑。
我来到出租屋，和友人谈心。

我们敲着啤酒瓶，像往常一样胡吹。
斜光透过窗棂，好似一把光阴的
梳齿，把我们的人生梳成多音节。
催交房租和电费的来了，
他抱着一个歉，像抱着一个抱枕。
他收割天上的流云，用七星煮酒。
他弹着古琴，高山流水也来和鸣。
当我走后，我从人群中望他，
他与整栋房子，整座山
同归于静。

十

先有鹰，然后才有天空。
山路上，并排走来风马牛。
小蜗牛，欲穷千里目，
摸爬一宿，终于在辰时，
很励志地，站在了一根茎上；
大黄蜂掠过它头顶的天线，
它终于见到传说中的飞翔。
山坳口，那风水，是轮流着转。

我的时间充裕，亦无事忙碌。
没有哪一个风车值得我去战斗，
没有哪一个草动，需要我警惕。
我行路千里，只为在阳光午后，
四脚朝天，翻晒肚皮里
那百无一用的万卷书。

十一

南粤商家的厨房，
飘散着腻腻的肉香。
立冬日，餐桌上
有寒炉美酒和旧朋，
我简素的心，如寂寂的山林。
而在那山林丘壑灌丛间，
总是有一只野麂子踽踽地
低头吃着青草、野果子，
双耳竖起，很是警觉。
几年前，我抓住了它——
它掉在了人类的陷阱里。
体格消瘦、单腿残瘸的它，

尾尖有一撮毛，雪一样白，
体背上的毛又凝血似的暗褐。
那一刻，我心软了——
麂眼离离，它的泪窝浑圆，
瞬间贯穿了我的身体。

十二

在人群中，
她像一只鹤，落入我的尘网。
我记得她的辫子乌黑，指甲橘红，
她在秋千上晃荡，风是推手，
把她推进我的怀抱。我惊叹于
她的眼睛、睫毛，以及皮肤
与上帝的安排，如此美妙，精致。
而此时，伊人已不在，
我双手插进十月的裤袋。
沿着这条梧桐路，忆及那梧桐树，
和树下的秋千，秋千上的裙子，
裙子上的花开富贵与鸟鸣。
我以我的笔名起誓：一切必将复活。

十三

在凤凰路上行走，
凤凰路上并没有凤凰，
倒是有一些会飞的花朵，
人们习惯称之为蝴蝶，
双飞翼的那种，
诠释着世间的美！
在茶余饭后，我读着前人
写在空气中的有关飞翔，
或者涅槃的、缤纷的句子，
想着梧桐枝天生的残缺，
因为有了凤凰的临幸，
而弥补了造物的疏漏
一个纯粹的唯心，
攀上了唯物的高枝。
枝上花开，经她凝眸，
皆成恒久。

对于死亡，
我们永远都是新手

未说出来的话

嘘！你说话的声音
可以停留在你的嘴唇上
如果你把它们交出来
这些词语，与声音
它们将抵达我，成为花朵
或者刀，或者毒药
而，那些未说出来的话
将在你的肚子里
成为珍珠

灵魂渡口

在死生阴阳的接壤处，
或许，真的有一个灵魂的转运码头。
那里，聚集了很多亡灵，它们
要转业，要安顿。当你来到这里，
恐惧将抢走你的包袱，掠取
你从人生中掠夺来的一切。

你带着你的疑惑、不甘，与所谓的
学识，想要个答案。但答案，在这里
没有任何意义，它不能给你补给时间，
时间才是你的生命之源。
而死亡，除了给你死，还能给你什么？
你在此摆渡，可能有一个未知的对岸，
那里没有地图，更没有回忆录。

对于死亡，你永远是个新手。
在这个河汊交织的神秘港道里，
你划着命运与运气的双桨。你
站在船首，同你熟悉的人打招呼，
无人理会你，你已是无人；
你争渡，也不会惊起哪一滩鸥鹭，

就如同，你在梦中送出去的花，
到不了那一双手中。

而你仿佛，是波浪所生，
你与波浪遇合，以壮声势，
生下波浪之子，以繁衍生息；
如今，你仍在波浪里泅渡，死亡
也从波浪里伸出夺命的触角。
你旋转着，像水的漩涡，旋转着
最终，水溶于水，消失于无形！

诗歌在公共场所遭羞辱后的出走

有人指着一堆狗屎说：
看，这就是诗。
在公共场所向诗歌随地吐痰，
似乎并不是有失体面的事。
我像一个甜蜜的孕妇，
怀着我的诗歌腹稿，
走到室外人工造就的小树林
来听鸟鸣，
我听到了至少三种鸟鸣：
云雀，黄鹂，还有夜莺。
你问我为何如此肯定，
因为这是诗歌告诉我的。
如果我继续向林中深处挺进，
我还将看到一群蚂蚁，
它们抬着被人唾弃了的残渣，
像是去朝圣。
呵，不，它们就是去朝圣，
去稀饭山朝圣。
对此，我没有资格评判它们，
或许你有。
你把小便池命名为观瀑泉，

把冲水马桶弄成泉水叮咚，
你对着杜尚的小便池嘚瑟，
并用哲学家的口吻在旁加注：
我尿，故我在。

秋 实

豆荚儿破壳：
几个小字母排成一个单词
你都不忍心把它们拆散

红山果离枝
经命运的挑选，记忆的打磨
抵达你的馈赠之手

而星子当空乍裂亦如秋实
月光不请自来，谷物
因饱满而俯身：多谢光照

一个丰乳肥臀的女人
山丘一样横陈于大地之上
自然与艺术之神都来吸她的乳汁

独角兽的白日梦

十年砍柴，进城又十八年
我把自己一点一滴的剩余价值
无私地奉献给了社会
算命的说，房子和面包会有的
就好比，给我吹了一个好大的泡泡
命运的小小的针扎随时待命
为了破除虚幻，我学会了写诗大法
应当说，文字的抵抗是有效的
今冬，有一个玫瑰之约在等我
我需要一组幸运数字，一张彩票
来改变我的现实：手机刷屏的
光，照进了我梦中的席梦思
我拧亮五斗柜上的台灯：在
那真正属于我个人的小天地里
就连空气，我都不愿与人共享
而在那印第安图案的地毯上
毫无疑问，独角兽A与处女B
将成为一对"天作之合"
恭迎着全世界呢。亲爱的B啊
为了能尝到你做的爱与饭菜
我吃多少苦都是甜的

独　饮

你独饮，你打开一个五味瓶。
你对饮，你与你的影子干了一杯又一杯。
天边有月挂金钩，伸手可及，
篱笆墙的墙角，爬满了虫鸣。
但你无法捕获虫鸣，
无法捕获虫鸣外的寂静。
毕竟你不是虫子，不知虫子之乐，
虫子亦非你，不知孤独为何物。
于是，你对虫子说：孤独啊，
是一个金钩，是一个空悬于虚空的词；
孤独啊，还是一种方法，
一张普遍的网。

面　孔

在一个古村落的一座古屋里，
我闻到一股古旧博物馆明清厅的味道。
苍白的土墙上，挂着一个黑相框，
相框里的人，已然没了呼吸，
但他溜圆的眼睛，还在追寻着什么。
他背后若隐若现的街巷深处，
像一个巨大的时光的黑洞，要把一切
吞噬，屋檐下的酒旗飘飘，又似
遗忘被击退后飘扬着的记忆的旗帜。
而这相框里的人，曾在人间行走，
他枯树皮般的手，抚摸过花朵般的脸庞，
他曾与人耳鬓厮磨过的脸，已凝固在墙上，
但它是真的，是真正的脸，不是相片。
我深呼一口气，吐出一头白雾，
许多熟悉的面孔，从白雾中浮现：
一棵现实的树上，长满了片片叶叶。
世上没有两片相同的树叶，世上没有
两个相同的面孔：花面，人面，
星眼迷离的脸，月亮银币一样的脸，
历史的面孔，时间的面孔，面孔的面孔。
这些面孔与面孔，相互照应，又或

相互构陷，相互吸收着彼此的黑暗与光芒。
我阅读着这些面孔，感觉到它们
彼此的轮回、替代，或者消隐、循环。
终于有一天，我也将消逝，消逝到
另一个世界。如果你已记不清我的面孔，
你将从我读过的书、走过的路、爱过的人、
写过的诗中，或者你抬起头，从我
仰望过的夜空中，读到我的面孔。

相片里的人

翻到一张旧相片：
公园里，金黄的银杏叶落满地
长椅上并排坐着的四个人
只有我还活着。
我伸手即可触摸到他们的脸
但他们无法挪动哪怕一根手指头
接过我递给他们的中华烟；
他们的表情凝滞，定格在那个
相片的时空里；就如同他们的
姓名，被锁在示亡号的黑方框内。
或许有一天，我真的会再一次坐到
那个长椅上，用最新的高科技手机
自拍，摆各种姿势搭配各种心情；
彼时，我会放一个风筝飞上天
“好风凭借力，送我上青云”
我将终于看到他们在云中端坐
他们在天上新搭的平台
正三缺一呢。

圣　具

一个牛头饰。
牛角依然保持着单挑的姿势，
但双眼被挖空，已是有眼无珠。
想它曾经好牛，
它撒开四蹄在草原上狂奔，
把山峰踩在脚下，将群山尽收眼底；
它鬃毛纷披，逆着夕光飞翔，
炫目多姿的剪影，让大地失色
而甘心沦为背景。
但此时，这个废物，
它空洞地望着我，让我心虚，
我仿佛听到了当初它
被斩首、被肢解时骨头里的颤音，
灵魂血一样地燃烧，殆尽。
……是的，它已不再拥有草原
与蓝天，它被人类钉在木柱上，
像一个受难的圣具！

城市流浪女

冬至日，人们互致问候
并不断提醒：记得吃水饺呵
一个流浪女，披头散发
她闯进城市广场，人群退避
就像被摩西分开的红海
她来到路边的荆棘丛，趾间渗血
寒风中的落叶难民一样满地打转
她顺手摘下一颗金樱子送入
唇间：她哑巴的金口难开啊
无人能识其箴言。圣诞节的
前夜，俊男靓女们去酒吧狂欢
流浪女她，摸黑回到了荔枝林
她打开蛇皮袋，拿出讨饭钵
一群流浪狗轰拥而上，承欢膝下
她扯下那件从火葬场捡来的寿衣
将一只受伤欲死的小狗揽入怀中
好似一幅《圣母怜子图》

鸟鸣盛开在红树林

把天空空出来吧

这些南迁的鸟们
有白衣天使样的外表
操着地道的北方口音
是我外省的、外国的亲戚

在这时节，鸟鸣
盛开在红树枝头
好似一场盛大的法事
我的心也直扑腾，如道场
衣衫飘动，又好像在招魂

我爱白鸟
爱白鸟翩飞的美
爱空天的洁净，和真诚
因了这份爱，我的身体和灵魂
都有了和白鸟一样的
属性

把天空空出来吧

让白鸟自由地飞吧
尽管此时，我把它们按压
在一张薄纸上
让它们委身于仅仅几个词
却也是灵动的、会飞的、
白衣天使样的词

时间之雀巢

话说千年之行，始于足下
你，将世界尽收眼底
世界亦在你的话下。
作为时间的信徒，或叛徒
你发现时间之雀巢，并非
一个空洞的概念，它需要我们
衔泥弄枝地去搭建，去浇筑。
于是，你满心欢喜地迎接
明日之鸠占领今日之鹊巢。
踩着婚礼或葬礼进行曲的节奏，
你跟着众人走过斑马线。
而你要的“明天”，如同午夜快巴
总是如期而至，从未拖欠
它，将把你送至终点，且待
下回分解：所谓生死之途
就如同：生米被煮成了熟饭。

念奴杀

他刀锋一转，将念奴斩于马下。
他长啸，低吟，在你眼前。
而你仍在纸上，以语词之矛
攻章句之盾，梨花落满梅花坞。
我看见你长太息，为一个并不存在的
人，并不存在的杀戮，并不存在的马。
可怜念奴，未在人世活过
却在人世死去。

红白喜

他们爬到积雪的山顶，看日落，
看余晖掠过的屋顶与坟堆。无人
看护的山坡羊，在咀嚼着枯草，
几只飞鸟投林，分不清是燕雀鸿鹄。
一群螺马队，从一幅旧版连环画中
走出来，迈入村寨黄昏。
时光仿佛静止，某个院落，突然
鞭炮炸响，这次不知是谁家老了人
还是添了丁？

被音乐改造过的世界

城市广场，一个乞丐乐手他
从一把乌木老提琴的动物内脏里
拉扯出一串长音，一声尖啸。
以至于，他的怒发冲撞，青筋暴露
而出的：都是音乐，音乐。
他似乎，选择了与命运作对，
而在音乐中与生活达成和解。
是的，在音乐中，他让亡妻复活，
那被大雪刮走的十二只羊，被赎回。
此时此刻，他更像一个清洁工，
推着音乐的洒水车，把城市噪音
与路人的迷茫磨成了苦咖啡。
从他飞扬的眼神里，我甚至辨认出：
一群想象的白鸽。它们排空而上，
振翅云霄，或于树巅栖落，催开花朵；
它们更是衔来玫瑰，以装点他的灵魂。
我，不由自主地从“我们”中站出来，
走进这被音乐改造过的霓虹灯下，
像一个乞丐，摊开手掌如玉盘，
跪迎这从天而降的：珠币。

与花同寂

父亲给儿子打越洋电话。
今晚，父亲喝了点酒，谈兴正浓，
说的都是搬家的后事不知如何
料理：几样旧家具舍不得扔，
爬山虎的触须纠缠，伸进了窗门，
流浪猫的二胎嗷嗷，尚待起名。
儿子呢，一门心思都在女友那，
此时的女友，像一只狮毛狗蜷伏，
他抚摸着她的秀发，想
尽快挂断电话。儿子说老爸，
一切等我下个月回来再面聊吧。
他不知道，（谁知道呢？）
他老爸没几天就将去世。
父亲挂了电话，好像丢失了什么，
他默默地望向阳台上的花，
与之同归于静。

身正与影斜

椅子腿背靠着桌子腿，它们都是
红木家族，这样的搭配让其心安。
而宗教白一样的墙壁，在呼唤

一幅画。但我无法进入那个画，
无法与画中的人物互换。我的
三围早被量走，尺码交给了裁缝。

记得叶芝有言，对于见过了灵魂
的人来说，人的皮囊是多么粗糙。
兹世行走，我随身携带着我的身

与影，此时我的影子它被挂在白
墙上，像是从我身上脱掉的神袍；
有时它又像风筝，飘飘然，想要

挣脱手指、绳子、目光，甚至风；
当然，它也会安静下来，像尘埃
落定，像喧嚣落在纸上的沉默里。

一根鸿毛，或一口气

两小儿在庭前，做积木拆字游戏：
几个偏旁，一些建材，
他出个横梁，她出个宝盖；
然后吹一口气，一套白色的家具
便宣告打造完成。它们脱胎于
一些善念，有赖于成全。

入夜，小的们睡了，
被带入到一个白色的梦境中。
床头柜上的闹钟开始嘀嗒，主动
为他们的心跳计数。多么精妙啊，
一个宇宙级的平衡，对吧？

而我偏在此时想起岳父临死的
那当儿，那透过窗棂的白月光
如同一块白色的裹尸布加身；邻居
将一根鸿毛，置于泰山大人的鼻孔，
来测试他是否已经断气。

箫管试音

有一只画眉，潜入我思想的竹林，
它假装不会唱歌，如同一片喑哑的
竹叶，但它无法拒绝：倾听。
我沐浴着班得瑞的晨光，
想着怎样把一根箫管吹响。
我在头脑中开辟出一块空地，
撒下几粒小米，静待猎食者光临。
终于，我捕获到了一只音符——
对，你没听错，是一只音符，
而不是一只鹦鹉。这只鸟
因回忆起它夏日的山谷之恋
而破啼，那声音初时，犹如
果核看见水果刀时的尖叫：它
内部封闭的无限空间被打开了，
并与外部相互串通，应答，
从而占领了所有的音阶。

最后一滴

夜幕低垂，电风扇的叹息
被调到了最低档。母亲躺在
无奈、哀伤、贞白的病床上
已逾三日粒米未进
她的大儿子乘地铁高铁，转
汽车马车，辗转路万里，跪至
尊前。她却正眼也没瞧我一眼
遵姐姐嘱，我用棉签蘸一滴水
往母亲紧闭的唇上拭。她居然
婴儿吸奶似的，咂巴咂巴起嘴巴
并重新睁开了双眼，仿佛是新
掘到生命的甘泉：那积蓄一生
的爱，也欲随之倾巢而出
在我们四目对视的刹那，我
简直以为这个女人，我的母亲啊
她至少还可以活一百年而不动摇
谁知她，是旁人说的那种回光
返照。在饮尽最后那一滴水后
她的生命便戛然而止
一滴眼泪也没给我们留下

图书在版编目（C I P）数据

鸟宿时间树 / 鲁子著. -- 武汉：长江文艺出版社，2019.12

ISBN 978-7-5702-1314-6

Ⅰ. ①鸟… Ⅱ. ①鲁… Ⅲ. ①诗集—中国—当代 Ⅳ. ①I227

中国版本图书馆CIP数据核字(2019)第269326号

责任编辑：谈　骁　王成晨　　　　责任校对：毛　娟

装帧设计：苏笑嫣　　　　责任印制：邱　莉　王光兴

出版：长江出版传媒　长江文艺出版社

地址：武汉市雄楚大街268号　　邮编：430070

发行：长江文艺出版社

电话：027—87679360

http://www.cjlap.com

印刷：三河市宏顺兴印刷有限公司

开本：640毫米×970毫米　1/16　印张：15　插页：2页

版次：2019年12月第1版　　2019年12月第1次印刷

行数：4673行

定价：48.00元